노인을 위한 동화

노인을 위한 동화

초판 1쇄 인쇄 | 2025년 08월 15일
지은이 | 홍영순
펴낸이 | 이재욱(필명:이승훈)
펴낸곳 | 해드림출판사
주 소 | 서울 영등포구 경인로82길 3-4(문래동1가 39)
         센터플러스빌딩 1004호(07371)
전 화 | 02-2612-5552
팩 스 | 02-2688-5568
E-mail | jlee5059@hanmail.net

등록번호   제2013-000076
등록일자   2008년 9월 29일

ISBN   979-11-5634-642-5

글·그림 홍영순

노인을 위한 동화

해드림출판사

작가의 말

노인을 위한 동화

  책이 귀하던 어린 시절, 동화책을 빌려다 밤새워 읽던 생각이 납니다. 그 동화들 속에서 나는 세계 여러 나라 어린이들을 만나 친구가 되었습니다. 그렇게 동화를 읽던 아이가 어른이 되어 동화를 쓰다가, 어느덧 할머니가 되었습니다.
  오랫동안 어린이들을 위해 동화를 썼는데, 인생의 가을을 살면서 저절로 노인을 위한 동화를 쓰게 됐습니다.

인생의 가을은 몸과 마음이 약해지는 계절입니다. 그러나 그동안 이루지 못했던 것들을 이룰 수 있는 계절이기도 합니다. 또한 겨울을 준비하는 계절입니다.

이 책이 「노인을 위한 동화」지만, 어린이와 어른과 노인이 함께 읽는 동화입니다.
이 동화들이 독자들에게 좋은 친구가 되었으면 좋겠습니다.
한국 이야기와 미국 이야기를 썼고, 처음으로 동화책에 그림을 그렸습니다.

2025년 6월
미국 캘리포니아에서 홍영순

차례

작가의 말-노인을 위한 동화　4

문자 보낸 할아버지　　　　10

다섯 살 어머니　　　　　　36

구름 승마장 데타로　　　　64

할아버지와 옆집 아이　　　80

작전 성공　　　　　　　　96

122	아직 늦지 않았어
144	아름다운 성공
156	아이들 마을
176	노인 아파트
196	하늘 가는 문
218	쌍둥이 싼타클로스

문자 보낸
할아버지
_____

며칠 사이에 은행나무 잎이 노랗게 물들었다. 나는 아침 일찍 밥을 해서 아내에게 먹였다. 목욕을 시키고, 옷을 갈아입히고, 로션과 크림을 발라주고, 머리도 빗겨줬다. 울컥 눈물이 났다.
"나는 오늘 산에 갈게. 점심 부엌에 해 놨으니까 동석이 깨면 같이 먹어요."
"당신 점심은요?"
"편의점에서 김밥 사 가면 돼."
아내는 벽에 기대앉은 채 힘없이 머리를 끄

덕였다. 나는 등산복으로 갈아입고 아들 방으로 갔다. 먹다 남은 컵라면에서 냄새가 났다. 새벽에 먹고 잠든 것 같았다. 나는 잠든 아들의 이불을 다독여주고 방을 나왔다. 자꾸 눈시울이 뜨거워졌다.

  버스를 타고 창가에 앉았다. 내 가슴에는 스산한 바람이 부는데, 들판은 마냥 평화롭고 햇볕도 따듯했다. 산들은 온통 단풍이 들어 정말 꽃보다 아름다웠다.
  버스에서 내려 20분쯤 걷자 산속에 집들이 있었다. 내가 50년 전에 떠난 고향 마을이다. 고향에 왔다가 간 지도 꽤 오래되었다. 고향은 그동안 참 많이 변했다. 조용하기만 하던 마을에 찻길이 생기고 자가용도 있었다.

내 발은 저절로 고향 집을 향해 걸었다. 그러나 내가 어렸을 때 살던 초가집은 헐리고 서울 사람이 별장을 지었다. 높은 담장 안에서 큰 개 두 마리가 무섭게 짖었다.

"컹! 컹! 컹! 으르르렁! 으르르렁!"

금방이라도 담장을 뛰어넘어와 달려들 것처럼 사납게 짖어대는 개들이 내 마음을 물고 흔들었다.

"어이구, 개들이 참 사납네."

나는 슬금슬금 그 집 담을 돌아 산기슭으로 갔다.

'예전에는 여기 밤나무가 많았는데…….'

나는 철 지난 밤나무 밑에서 밤 몇 톨을 주웠다. 밤을 입으로 대강 까서 먹었다. 약간 떫으면서도 달콤한 밤 맛은 예전 그대로였다.

잡목과 수풀이 우거진 산속으로 들어갈수록 길은 좁아지고 가파라졌다.

서서히 등산 가방에 김밥과 물병이 무거워졌다.

'이쯤 올라가면 산 개울이 있었는데……?'

모자를 벗어 이마에 땀을 닦으며 좀 더 올라갔다.

'졸 졸 졸! 쫄쫄쫄!' 물소리가 들렸다. 물소리를 따라 올라가자 산 개울이 있었다. 예전보다 개울물이 줄었지만 맑은 물이 흐르는 모습은 같았다. 누가 왔다 갔는지 개울가 바위 옆에 담배꽁초 몇 개가 젖어있었다.

빨갛고 노란 단풍잎들이 개울물에 떨어져 있었다. 이미 가라앉은 단풍잎도 있고, 새로 떨어진 단풍잎들은 개울물을 따라 흐르기도 했다. 졸졸 흐르던 개울물은 조금 넓은 곳에서 단풍잎들을 가장자리로 밀어놓고 흘러갔다.

 한참 개울을 들여다보던 나는 모자를 벗고 세수를 했다. 개울물에 머리가 허연 늙은이가 물살 따라 흔들렸다. 초췌하고 비겁해 보이는 늙은이다.

 낯설고도 낯설었다.

 '어휴, 몇 년 전만 해도 인상 좋다고 했는데 이게 뭐야?'

 나는 개울물을 손으로 휘휘 저었다. 불안하고 지친 늙은이의 얼굴이 이리저리 흩어졌다.

 편의점에서 산 김밥과 물을 꺼내 먹기 시작했다. 김밥이 목에서 잘 내려가지 않았다. 물을 마셨다. 이번에는 사레가 들었다. 냅다 재채기 하느라 왈칵 눈물이 쏟아졌다.

 김밥을 먹고 다시 산속으로 들어가기 시작했

다. 산길은 점점 더 좁아지더니 겨우 한 사람 지나갈 만했다. 길이 끝났나 싶으면 다시 희미한 길이 이어졌다.

'누가 이 험한 산에 올라갔을까?'

나는 이 험한 산길을 올라간 사람이 궁금해졌다. 어쩜 나 같은 사람이 올라갔을 것 같아 가슴이 짠했다.

다리가 후들거리기 시작했다. 목이 말랐다. 물병을 거꾸로 들고 혓바닥 위로 흔들었다. 물 몇 방울이 떨어졌다. 운동화가 나뭇가지에 찢겨 여기저기 발이 쓰리고 아팠다.

희미하게 이어지던 길이 끊어졌다.

나뭇가지를 잡고 덤불을 헤치며 더 깊은 산속으로 들어갔다.

땀이 나고 숨이 찼다. 참나무를 향해 오줌을

누었다.

 다시 덤불을 헤치고 나가자 고목나무가 쓰러져 있었다. 나는 휘청거리며 쓰러진 고목나무에 풀썩 쓰러지듯 주저앉았다. 고목나무 밑에서 쉬던 다람쥐가 놀라 덤불 속으로 달아났.

 쓰러진 고목나무에 회색 운지버섯이 피어 있었다.

 '깊은 산속, 죽어 나둥그러진 고목나무에 운지버섯은 뭐 하려고 피었을까?'

 나는 오만가지 생각에 깊이 빠졌다. 생각은 좀처럼 끝나지 않았다.

 "툭!"

 그때 갑자기 '툭' 소리가 들렸다. 나는 깜짝 놀라 두리번거렸다.

 아무도 없었다. 산새나 다람쥐도 눈에 띄지

않았다. 단지 발 옆에 커다란 떡갈잎 하나가 흔들리고 있었다. 다시 주위를 둘러봐도 떡갈잎 말고는 아무것도 움직이는 게 없었다.

'설마 이 떡갈잎 떨어지는 소리가 그렇게 컸을까?'

발 옆에 떨어진 떡갈잎을 다시 들여다봤다. 아직도 가늘게 떨고 있었다. 나는 떡갈나무 잎 하나 떨어지는 소리가 이렇게 클 줄 몰랐다.

'그렇겠지. 너희들이라고 생명 놓기가 쉽지 않았겠지! 봄 여름 가을 동안 얼마나 열심히 살았는데 소리도 없이 떨어질 순 없겠지!'

나는 나뭇잎들이 "나 떨어진다." 하고 소리라도 치며 떨어져야 덜 슬플 것 같았다.

쓰러진 고목나무 옆에 누웠다. 수북이 쌓인 낙엽들은 늙고 보잘것없는 나를 편안하게 받아 눕혔다. 그리고 땅에서 올라오는 습기를 막아주었다. 누워서 올려다본 나무와 산은 서서 보거나 앉아서 볼 때와 너무 달랐다.

'아~ 모두 나보다 낫구나!'

풀도 나무도 의연하게 겨울을 준비하는 모습이 숙연해 보였다.

바람도 없는데 단풍잎들이 떨어졌다.

'이대로 누워 있으면 이 낙엽들과 함께 나도 잠들겠지!'

아내 생각이 났다.

'내가 없으면 밥을 못 먹는데… 지금쯤 속옷이 다 젖었겠지. 어떻게 해서든 화장실은 혼자 갈 수 있게 할걸.'

나는 스마트폰을 꺼내 아들에게 문자를 보냈다.

"미안하지만 엄마를 부탁한다."

나는 스마트폰을 껐다. 뜨거운 눈물이 쏟아졌다.

가슴속에서 "우우우우우! 우우우우우!" 소리가 들렸다.

조용히 눈을 감았다. 나뭇잎 떨어지는 소리가 멀리서, 가까이서 들렸다.

나는 누운 채 기도했다.

"하나님! 이제 저를 데려가세요. 자살은 안 된다면서요? 그러니까 그냥 지금 데려가세요.

이제 힘들어서 못 살겠어요. 제발 저를 데려가세요."

하나님은 대답이 없으시고, 떡갈잎 하나가 또 떨어졌다. '툭' 소리가 나자, 동산에 있는 모든 낙엽이 뒤척이는 것 같았다.

"하나님! 저는 어려서부터 하나님을 믿었어

요. 때론 하나님을 의심하고 원망도 했지만, 하나님이 저를 사랑하신다는 건 언제나 믿고 살았어요. 그런데 이제 힘들어서 더 이상 못 견디겠어요. 제발 저를 데려가세요."

하나님은 여전히 대답이 없으시고, 나는 온몸에 기운이 빠져 가물가물 잠이 왔다.

"버석 버석 버석 버석! 버석 버석 버석 버석!"

어디선가 어렴풋이 발걸음 소리가 들렸다. 그 소리는 점점 더 가깝게, 더 크게 들렸다. 나는 눈을 번쩍 떴다. 웬 할아버지가 내 앞에 서 있었다.

"누구세요?"

나는 깜짝 놀라 일어나 앉으며 물었다.

"왜 산에서 혼자 자고 있나?"

할아버지는 내 질문에 답은 하지 않고, 오히

려 내게 물었다.

"어르신은 왜 이 험한 산에 혼자 오셨어요?"

"나? 등산 왔다가 길을 잃었는데 어디서 사람 소리가 들려서 찾아왔네."

할아버지가 고목나무에 풀썩 주저앉았다.

"어르신, 벌써 햇빛이 설핏해졌어요. 빨리 내려가셔야 해요."

"어유, 힘들어! 너무 힘들어서 더 이상 걸을 수가 없어. 좀 누워도 되겠나?"

"그럼 잠깐만 쉬었다 가세요."

나는 고목나무 옆에 낙엽을 편편하게 깔고, 내 등산 가방을 베개로 놨다.

"자네도 더 쉬게. 잠시 쉬었다 같이 가세."

할아버지는 낙엽 위에 눕더니 이내 가볍게 코를 골며 잠들었다.

"어르신, 식구들이 찾겠어요. 어서 내려가세요."

나는 조심스레 할아버지를 깨웠다. 할아버지가 눈을 떴다.

"자네는 안 가나?"

"저요? 저는 오늘 산에서 자려고 왔어요."

"그럼 나도 여기서 자고 내일 내려가야지."

"그건 절대로 안 돼요. 밤에 춥기도 하고 산짐승이 있으면 어떻게 해요?"

"난 지금 도저히 혼자 산에서 내려갈 힘이 없어."

할아버지는 누워서 꿈쩍도 하지 않았다. 절대로 혼자 산에서 내려갈 것 같지 않았다. 나는 참 난감했다.

"빨리 내려가세요. 산 속은 금방 깜깜해져요."

"몇 번을 말해야 알아듣나? 난 지금 힘이 없어 꼼짝하지 못한다니까."

할아버지가 버럭 화를 냈다.

"어르신이 걱정돼서 그러잖아요. 그런데 화를 내시면 어떻게 해요?"

"힘들어서 못 내려간다는데 자꾸 잔소리하니까 그렇지. 내려가고 싶으면 혼자 가게!"

나는 생전 처음 보는 할아버지가 소리를 버럭버럭 지르자 어처구니없었다. 아무리 자기가 힘들어도 그렇지 이 깊고 험한 산속에서 혼자 자겠다는 내 마음을 어쩜 그리도 모를까? 할아버지가 몹시 원망스러웠지만 산에서 자다 죽을까 봐 그냥 둘 수도 없었다.

"그럼 제게 업히세요."

나는 쪼그리고 앉아 할아버지에게 등을 돌렸다.

"괜찮다니까 귀찮게 구네."

할아버지는 귀찮다고 하면서도 내 등에 얼른 업혔다. 할아버지는 생각보다 가벼웠다. 나는 서둘러 산에서 내려오기 시작했다.

"자네도 칠십은 됐겠는데 왜 혼자 산에 왔나?"

"알아서 뭐 하시게요?"

"그냥 궁금해서."

"집사람이 너무 아파 속상해서 왔어요."

"어디가 아픈데?"

"중풍 걸려 꼼짝 못 한 지 4년이 넘었어요. 작년에는 유방암에 걸려 수술까지 했어요."

"요즘은 양로병원에 많이 보내던데."

"양로병원 말만 해도 울어요. 아무리 힘들어도 가기 싫다는 사람을 억지로 못 보내겠어요.

양로병원에 보낼 만큼 돈도 없고요. 문제는 집사람 돌보다 제가 아무것도 하지 못해요."

"정부에서 요양보호사를 보내주지 않나?"

"집사람은 다른 사람이 기저귀 갈아주는 걸 싫어해요. 누구보다 똑똑하고 자존심 강한 사람이었거든요. 지금 몸은 움직이지 못해도 정신은 말짱하니 얼마나 자존심 상하겠어요."

"그렇겠지. 아이들은 있나?"

"아들은 대학원까지 다녔는데 40이 다 되도록 취직을 못 하고 집에만 있어요. 딸은 애가 둘이고 직장에 다녀서 엄마를 돌볼 시간이 없어요."

"저런! 자네 가슴에 구멍이 났겠구먼."

"구멍이 난 게 아니고 심장이 막혀서 두 번이나 뚫었어요. 그리고 얼마 전에 밥을 먹이려고 아내를 일으켜 앉히다가 허리를 다쳤어요. 이러다 아내를 돌보지 못하게 될까 봐 두려워요."
"많이 힘들겠네."
"저는 공부도 열심히 했고, 해외여행 한 번 못 가고 죽도록 일만 했어요. 그래서 늙으면 대접받으며 잘 살 줄 알았어요. 그런데 이게 뭐예요?"
"그러게. 정말 안됐네."
"너무 억울해요."
"억울하고말고. 이 세상에 억울하지 않은 사람 있을까?"
"그럼 어르신도 억울하세요?"
"이 세상만 생각하면 억울하지. 그렇지만 난 곧 천국 갈 거니까 억울하지 않아."
"저도 빨리 천국 갔으면 좋겠어요."

"할 일도 다 안 해놓고 천국 갈려고? 그건 안 되지."

"그럼 이렇게 힘든데 더 참으라고요?"

"빨리 천국 가고 싶으면 얼른 내려가서 할 일 해. 천국은 자기 할 일을 다 해야 가는 거야. 이렇게 천천히 가면 캄캄해도 산을 못 내려가겠어."

나는 할아버지가 조금 서운했다. 혼자 내려오기도 힘든 산을 자기를 업고 내려가는데 미안하다거나 고맙다는 인사는커녕 오히려 핀잔과 잔소리만 했다.

"넘어질지 모르니까 꼭 잡으세요."

나는 할아버지를 추켜 업고 가시덤불을 헤치며 길을 찾아 내려갔다.

가을 해는 나보다 더 빨리 성큼성큼 산에서

내려갔다.

 배도 고프고 목도 말랐다. 빈 몸도 힘든데 아무리 가볍긴 해도 할아버지를 업고 내려오는 게 너무 힘들었다. 산은 어둑어둑해지기 시작했다. 우리가 내려온 산에서 산짐승 소리가 들렸다. 그래도 할아버지가 등에 있어서인지 덜 무서웠다.

 내가 발을 헛디뎌 넘어지려고 하면, 할아버지가 나뭇가지를 잡거나 몸을 기울여 균형을 잡아줬다. 땀이 나고 자꾸 다리가 풀려 비틀거렸다. 그러면 그럴수록 할아버지는 내 목을 더 꼭 끌어안았다. 걸어갈 테니까 내려놓으라는 말은 절대 안 했다. 그렇게 산을 거의 다 내려오자 할아버지가 말했다.

 "이봐! 자네도 배고프지? 이 산에서 내려가

면 칼국숫집이 있네. 거기 가서 우리 해물칼국수 먹을까?"

"시장하세요? 그럼 칼국수 잡수시고 가세요."

"그럼 자네 전화를 빌려주게. 내 전화는 집에 놓고 왔나 봐. 주머니를 다 봐도 전화가 없어. 아이들에게 칼국숫집으로 데리러 오라고 해야지."

"전화요? 제 오른쪽 주머니에 있으니까 꺼내서 쓰세요."

할아버지가 내 주머니에서 전화를 꺼냈다.

"이런? 전화를 꺼놨구먼."

할아버지는 전화하지 않고 문자를 보냈다.

"어르신, 문자도 보내실 줄 아세요?"

"문자 보낼 줄 알지. 칼국숫집 가르쳐 줬으니까 아이들이 데리러 올 거야."

그때 저만치 희미한 불빛이 보였다. 마을이었다. 갑자기 힘이 났다. 정말 칼국수가 먹고 싶어졌다.

칼국숫집은 따듯하고 환했다. 사람들이 다정하게 담소를 나누며 칼국수를 먹고 있었다. 칼국수 냄새가 훅 뱃속으로 들어왔다. 해물칼국수 둘을 시켜놓고 화장실을 갔다가 오니 할아버지가 없었다. 한참을 기다려도 할아버지는 오지 않았다.

"어? 할아버지가 어디 가셨지? 화장실에 가셨나? "

나는 화장실에 가서 다 찾아봐도 할아버지는 없었다. 사람들한테 할아버지를 본 사람이 있냐고 물어도 아무도 모른다고 했다. 그때 문이 열리고 아들과 딸이 들어오며 외쳤다.

"아빠! 아빠!"

"오늘 연락이 안 돼서 얼마나 걱정했는지 아세요? 하루 종일 어디 계셨어요?"

딸이 눈물을 글썽이며 말했다.

"고향에 오고 싶었어."

"아빠, 나 드디어 취직했어요. 다음 주부터 일해요. 제일 먼저 아빠한테 말하고 싶었는데 아빠 전화가 꺼져 있어서 말 못 했어요."

아들이 오랜만에 활짝 웃으며 말했다.

"잘됐구나! 고맙다. 정말 고맙다."

나는 아주 오랜만에 아들을 안았다. 나보다 큰 아들의 등이 듬직했다.

"그런데 너희들 어떻게 왔니? 내가 여기 있는 걸 어떻게 알았어?"

"아까 아빠가 문자 보내셨잖아요?"

"뭐? 내가 문자를 보냈어?"

"네, 여기 칼국숫집으로 데리러 오라고 하셨잖아요?"

"그 할아버지가 너희들한테 문자를 보냈구나."

"할아버지요? 어떤 할아버지가 문자를 보냈어요?"

"……."

전화를 켜보니 우리 애들한테 보낸 문자는 있는데, 할아버지 자식들한테 보낸 문자는 없었다.

나는 칼국숫집을 뛰어나갔다.

할아버지는 가뭇없이 사라지고 어디에도 없었다.

나는 겉옷을 벗어 얼굴에 대고 냄새를 맡았

다. 낙엽 냄새가 날 뿐 할아버지 냄새는 없었다. 나는 하늘을 향해 외쳤다.
"하나님! 감사합니다. 천사를 보내주셔서 감사합니다."
 이미 밖은 칠흑같이 어둡고, 높은 밤하늘에 별들만 반짝였다.

다섯 살 어머니

민 박사님이 할머니를 업고 마을 놀이터로 왔다.
"박사님이다!"
아이들이 우르르 박사님에게 몰려왔다.
"오늘도 사탕 가지고 왔어요?"
올망졸망한 아이들이 눈웃음치며 흙 묻은 손을 내밀었다.
"응. 사탕 가지고 왔어."
박사님은 아이들에게 사탕을 나눠주고 할머니

를 모래밭에 내려놨다. 하얀 머리에 예쁜 분홍색 머리핀을 꽂은 할머니는 박사님 어머니다.

할머니와 박사님은 코스모스 곱게 핀 놀이터에서 아이들과 놀기 시작했다. 고추잠자리 몇 마리가 놀러 오고, 강아지도 아이들 옆에 앉았다.

모래로 밥하고, 떡 만들어 소꿉장난하던 아이들이 샐샐거리며 박사님에게 물었다.

"박사님, 몇 살이세요?"

"나? 여덟 살."

"아~하하하, 여덟 살인데 왜 머리가 하얘요?"

"내 머리? 으음… 눈 오는 날 밖에 나가서 하얘졌나?"

"나도 눈을 맞았는데 내 머리는 까만데요?"

"글쎄. 왜 하얘졌지?"

"할머니는 몇 살이세요?"

"우리 엄마는 다섯 살."

"에이, 어떻게 엄마가 아들보다 나이가 더 적어요?"

"우리 엄마는 나보다 키가 작잖아."

"키 작으면 애기인가요?"

"나도 몰라."

박사님이 허연 머리를 쓱쓱 문지르며 '으~헤헤!' 웃었다.

"하하하, 박사님인데 나이도 몰라요? 내가 가르쳐 줄게요. 할머니는 아흔두 살이고, 박사님은 일흔한 살이에요. 알았죠?"

"아니야. 난 여덟 살이고 우리 엄마는 다섯 살이야."

"하하하…… 알라리 깔라리, 누구누구는 엄

마보다 나이가 많데요."

아이들이 까르르까르르 웃으며 박사님을 놀렸다.

저녁때가 되자 박사님이 할머니를 업고 일어나며 말했다.

"얘들아, 동화책 새로 사 왔으니까 우리 집에 놀러와."

"네. 동화책 보러 갈게요."

아이들도 일어나 민 박사님과 할머니를 배웅하고 집으로 갔다.

그림책을 보던 할머니가 심심한지 박사님을 졸랐다.

"오빠, 고기 잡으러 가자."

"지금은 바쁜데."

"오빠, 고기 잡으러 가자."

할머니가 자꾸 보채자, 박사님이 할머니를 업고 개울로 갔다.

햇살이 아롱거리는 개울물 속에는 고기들이 한가롭게 헤엄치고 있었다.

"고기가 많네."

박사님이 바지를 걷어 올리고 개울로 들어갔다. 박사님은 고기들을 쫓아다니며 뜰채로 건졌지만, 고기들은 언제 빠져나갔는지 빈 뜰채뿐이었다.

"잡았다!"

박사님이 재빨리 뜰채로 송사리 떼를 퍼 올렸다. 번번이 허탕이었지만 이번에는 분명히 몇 마리는 건졌을 거라고 믿었다. 그러나 뜰채 안에는 송사리 새끼 한 마리 없었다.

"어이구, 또 놓쳤네!"

민 박사님이 빈 뜰채를 들여다보며 울상이 되었다.

"오빠, 신발로 잡으라니까."

개울가에서 어항을 들고 있던 할머니가 볼멘소리로 투덜거렸다.

"고무신이 없는데."

"그럼 운동화로 잡지."

"그럴까?"

민 박사님은 뜰채를 개울가에 내던지고 운동화를 들고 송사리를 쫓아다녔다. 박사님은 송사리를 쫓아다니느라 옷이 다 젖는 줄도 몰랐다.

그때 학교에서 돌아오던 아이들이 킬킬거리며 고기 잡는 구경을 했다.

"심심했는데 오늘 재미있는 구경하게 생겼다."

승연이가 작은 눈을 생글거리며 말했다.

"저 바보 박사님 송사리도 못 잡네."

벌써 신발을 벗고 개울로 들어가던 성질 급한 철민이가 말했다.

"박사님은 바보가 아니고 치매에 걸린 거래."

별명이 백과사전인 명훈이가 개울 바닥에 가방을 내려놓으며 말했다.

"치매가 뭔데?"

승연이가 물었다.

"뇌가 고장 나는 병이래. 할아버지나 할머니가 어린애처럼 되는 병인가 봐."

"옮기기도 하는 병이야?"

"아니야. 치매는 절대로 옮기는 게 아니래."

"그럼 왜 멀쩡하던 박사님이 시골 와서 치매

걸린 할머니랑 사시더니 치매에 걸리셨어?"

"그러게. 치매는 절대로 옮기는 병이 아닌데 왜 박사님도 치매에 걸리셨지?"

"아무리 치매라고 해도 엄마가 아들을 오빠라고 부르는 건 너무 이상하다."

"그래. 치매가 무척 나쁜 병인가 봐."

명훈이와 승연이가 이야기하는 동안, 철민이가 개울에 있는 커다란 돌을 들추고 가재 한 마리를 잡았다.

"할머니, 가재 드릴까요?"

철민이가 할머니의 빈 어항에 가재를 넣었다.

"와~아! 정말 가재네!"

할머니가 가재를 만지자 성난 가재가 그만 할머니 손가락을 꽉 물었다.

"아야, 아야, 아야!"

할머니는 손가락에 매달린 가재를 털며 아기처럼 막 울었다. 민 박사님이 송사리 건지던 운동화를 집어던지고 첨벙첨벙 뛰어와 할머니 손가락에 매달린 가재를 겨우 떼어냈다.
"어유, 많이 아프겠네!"
 민 박사님이 피가 맺힌 할머니 손가락을 호호 불며 달래는 동안, 아이들은 놀라서 개울둑을 넘어 바람처럼 마을로 도망쳤다.

 겨울 방학하자 민 박사님 댁 사랑방은 아이들 놀이터가 되었다. 아이들이 읽을 만화책과 동화책이 많고, 과자나 사탕 같은 군것질거리가 언제나 넉넉했기 때문이다.
 어느 날, 점심을 먹고 낮잠을 자던 할머니가 두리번거리며 일어났다.

"오빠! 오빠!"

할머니가 박사님을 불렀지만 아무 대답이 없었다.

"오빠 어디 있어?"

할머니가 부엌으로, 화장실로 찾아다녔지만, 박사님은 어디에도 없었다. 울먹울먹하던 할머니가 갑자기 꼬부라진 허리를 펴며 웃었다.

"호 호 호! 오빠 없을 때 해 봐야지."

할머니는 부엌 서랍에서 팝콘 봉지를 꺼내 전자레인지에 넣었다.

"2분인가? 20분인가?"

한참 동안 생각하던 할머니가 20분을 눌렀다. 조금 있자 전자레인지 속에서 퐁 퐁 퐁 팝콘이 튀겨졌다. 할머니는 커다란 플라스틱 양푼을 들고 전자레인지 앞에 서서 아이들처럼 좋아했다. 잠시 후, 퐁 퐁 퐁 소리 나던 전자레인지 속에서 연기가 나기 시작했다.

"아이고, 큰일 났다. 강냉이가 탄다. 강냉이가 탄다."

 할머니가 어쩔 줄 모르고 왔다 갔다 하는 동안 부엌에 연기가 찼다. 할머니는 식탁 밑에 쪼그리고 앉아 '콜록콜록' 기침을 하더니 엉엉 울기 시작했다.

 때마침 박사님 댁에 동화책을 보러 온 아이들이 연기 나는 부엌으로 뛰어 들어갔다.

 명훈이가 재빨리 전자레인지 코드를 뽑으며 소리쳤다.

"큰일 났다. 얘들아, 빨리 할머니 모시고 나가!"

 승연이와 철민이가 할머니를 모시고 밖으로

나가는데, 박사님이 땀을 뻘뻘 흘리며 뛰어왔다.

"어머니, 괜찮으세요?"

울상이 된 박사님은 할머니를 안고 여기저기 살펴보며 물었다.

"오빠, 나 무서워."

할머니가 박사님 품에 안겨 울었다.

"어머니, 많이 놀라셨죠? 이제 괜찮아요. 아무 일도 없어요."

민 박사님이 할머니 눈물을 닦아주며 달래자, 철민이가 부리부리한 눈을 치켜뜨며 박사님에게 꽥 소리 질렀다.

"박사님은 효자라던데 왜 할머니만 두고 다니세요?"

"할머니가 주무셔서 잠깐 나 혼자 호호빵 사러 갔었어. 할머니가 호호빵이 잡수시고 싶다고 하셨거든."

"그래도 할머니 혼자 두고 가면 어떻게 해요? 할머니가 고향에 가서 살고 싶다고 해서 모시고 오셨으면 잘 돌보셔야지요."

"잘못했어. 다시는 안 그럴게."

머리가 허연 민 박사님이 눈물을 글썽거리며 말했다.

박사님 댁에서 집으로 가던 승연이가 실눈을 가늘게 뜨며 말했다.

"치매에 걸리면 정신이 왔다 갔다 하나 봐. 박사님이 아까는 정신이 말짱하셨지?"

"그래. 아까는 박사님이 치매에 걸리신 것 같지 않으셨어."

아이들이 머리를 갸우뚱했다.

긴 겨울이 지나가고 다시 따듯한 봄이 왔다.

개나리꽃과 진달래꽃이 피고, 목련꽃과 벚꽃도 피었다.

민 박사님이 바깥마당을 쓸고 있는데, 할머니가 소쿠리를 들고나왔다.

"오빠, 진달래꽃 따다 화전 해 먹자."

"진달래 화전?"

"저것 봐. 뒷동산에 진달래꽃이 활짝 피었잖아!"

"마당 다 쓸고 가면 안 될까?"

"싫어. 난 지금 가고 싶어. 오빠 빨리 가."

민 박사님이 빗자루를 놓고 집에 들어가 처네를 내왔다.

"자, 그럼 업고 가야지."

민 박사님이 할머니를 업고 집을 나서자, 옆집

승연네 마당에서 놀던 아이들이 쑤군거렸다.
"야, 몰래 따라가 보자."
"그래. 오늘도 재미있는 일이 있을 것 같다."
 아이들은 요리조리 몸을 숨기며 박사님 뒤를 살살 따라갔다.
 민 박사님이 할머니를 업고 뒷동산 오솔길로 들어섰을 때다. 할머니가 박사님 어깨를 톡톡 치며 말했다.
"민 박사, 아버지 산소로 가."
"예? 어머니 지금 어디 가자고 하셨어요?"
 민 박사님이 발걸음을 멈추고 물었다.
"너희 아버지 산소에 가자고."
 할머니가 다시 또랑또랑한 목소리로 말했다.
"정말 아버님 산소에 가자고 하셨어요? 그럼 제가 누군지 아세요?"

"누구긴 누구야. 우리 효자 아들 민 박사지."

"어머니! 어머니가 오늘은 정신이 맑아지셨네요."

 민 박사님 발걸음이 가벼워지고, 입에서는 허허허 웃음소리가 쏟아져 나왔다.

 민 박사님이 아버지 산소 앞에 처네를 깔고 할머니를 앉혔다.

 농부들이 논을 갈고 있는 들판이 저만치 내려다보였다.

"양지바르고 앞이 탁 트여 참 좋구나!"

 산소 앞에 앉은 할머니의 모습이 아기처럼 마냥 평화로워 보였다.

 민 박사님은 할머니가 쉬는 동안 부지런히 진달래꽃을 따왔다.

 진달래꽃을 만져보던 할머니의 눈이 반짝 빛

났다.

"민 박사, 우리 꽃싸움 할까?"

"예. 우리 꽃싸움 해요."

민 박사님과 할머니가 진달래 꽃술을 하나씩 들고 마주 앉았다.

민 박사님이 먼저 꽃술을 걸고 확 잡아당겼다.

"어? 내 것이 끊어졌네요."

"호호호, 내가 이겼다!"

할머니는 웃으시고, 민 박사님은 울상이 되었다.

"다시 해요. 이번에는 제가 이길 자신 있어요."

민 박사님이 아까보다 더 세게 꽃술을 잡아당겼다.

"호호호, 내가 또 이겼어!"

"어머니, 한 번만 더해요."

"민 박사! 진달래꽃 싸움할 때는 먼저 잡아당기면 끊어져서 지게 돼."

"그럼 이번에는 어머니가 먼저 잡아당기세요."

"알았어."

할머니가 꽃술을 걸고 잡아당겼다. 할머니의 꽃술이 끊어졌다.

"어머니 이번에는 제가 이겼어요!"

민 박사님이 일어나서 덩실덩실 춤을 추었다.

춤추는 박사님을 바라보며 마냥 흐뭇하게 웃던 할머니가 말했다.

"민 박사, 인제 그만 집에 가."

"예, 어머니. 피곤하시죠? 얼른 집에 가서 진달래 화전 해드릴게요."

민 박사님이 할머니를 업고 진달래꽃 담은 소쿠리를 들려드렸다.

할머니가 피곤한지 박사님 등에 살포시 기댔다.

박사님이 산을 반쯤 내려갔을 때, 할머니가 들고 가던 소쿠리에서 진달래 꽃송이가 하나씩 둘씩 떨어졌다.

"어머니, 소쿠리를 꼭 잡으세요. 진달래꽃이 떨어져요."

"……"

할머니는 대답이 없고 다시 진달래꽃 몇 송이가 떨어졌다. 민 박사님이 등에 업힌 할머니를 추슬러 올리며 말했다.

"어머니! 졸지 말고 소쿠리를 잘 들고 가야 진달래 화전을 하지요."

"……"

대답 대신 소쿠리가 땅에 툭 떨어졌다. 소쿠리가 솔밭 사이로 도르르 굴러가며 분홍색 진달래꽃을 뿌렸다.

"어머니! 어머니!"

"……"

민 박사님이 아무리 불러도 할머니는 대답이 없었다. 박사님이 어깨너머로 할머니를 보더니 "어머니! 어머니!" 크게 부르며 울었다.

박사님이 울며 동산을 내려가자, 여태까지 몰래 따라다니던 아이들이 소나무 사이에서 소쿠리를 집었다. 진달래꽃 몇 송이가 소쿠리에 남아있었다.

"명훈아, 오늘은 뭔가 이상하지?"

승연이가 실눈을 찡그리며 말했다.

"오늘은 할머니도 박사님도 정신이 말짱하셨는데 무슨 일이지?"

철민이도 부리부리한 눈을 껌벅이며 말했다.

"할머니가 돌아가셨나 봐."
명훈이가 눈물을 글썽이며 말했다.

삼일 후,
할머니의 마지막 잠자리가 할아버지 산소 옆에 준비되었다.
사람들은 치매에 걸린 민 박사님을 많이 걱정했다.
"여덟 살 같은 박사님이 어찌 상주 노릇을 할까?"
"그래도 외아들이시니 상주 노릇을 하기는 해야겠지요."
그러나 뜻밖에 민 박사님은 상주 노릇을 썩 잘했다. 아니, 그 누구보다 잘했다.
장례가 끝나자 민 박사님은 눈물을 닦으며

손님들에게 인사를 했다.

"우리 어머니가 세상 떠나는 길을 배웅해 주셔서 감사합니다. 한 가지 여러분께 진심으로 사과드릴 말씀이 있습니다. 사실 저는 그동안 치매에 걸리지 않았었습니다. 치매에 걸려 어린애처럼 되신 어머니께서 저를 오빠로 아셨습니다. 처음에는 어떻게 해야 할지 몰라 몹시 당황했습니다. 그러나 이왕 어머니를 모실 바에야 어머니에 맞춰 살기로 했습니다. 여러분께 사실을 말씀드릴까도 생각했지만, 코흘리개처럼 노는 저를 보고 여러분들이 민망해하실 것 같아 말씀드리지 못했습니다. 정말 죄송합니다. 그동안 어머니와 저를 늘 사랑으로 돌봐주셔서 감사합니다."

박사님의 느닷없는 말에 사람들이 웅성거렸

다. 어떤 사람들은 박사님 효심에 감동해 눈물을 흘리고, 어떤 사람들은 박사님이 노망났다고 수군거린 게 부끄러워 얼굴이 빨개졌다. 그때까지 바위 뒤에 숨어서 장례를 지켜보던 아이들은 털썩 주저앉았다.

"야, 지금 박사님이 뭐라고 하셨니?"

"글쎄 말이야. 그럼 가짜로 치매 걸리신 것처럼 하신 거야?"

"와, 맙소사. 큰일 났다. 우린 그것도 모르고 완전히 바보 취급했잖아."

"어떻게 하냐?"

"어유, 창피해. 박사님이 우릴 어떻게 생각하셨을까?"

"창피한 게 문제냐? 앞으로 어떻게 해야 하냐?"

얼굴이 빨개진 아이들은 도망치듯 산에서 내

려왔다.

 그다음 토요일, 명훈이가 승연이와 철민이를 데리고 박사님 댁에 갔다. 마침 박사님이 사랑방에서 동화책과 만화책을 차곡차곡 정리하고 있었다. 박사님은 마당에 서 있는 아이들을 보자 무척 반가워했다. 물론 박사님은 아이들처럼 옷을 입지도 않았고 표정이나 말도 애들 같지 않았다.
 "어서들 와라. 그렇지 않아도 너희들을 찾아갈까 했는데 와줘서 고맙다."
 아이들이 얼굴이 빨간 채 쭈뼛쭈뼛 서 있자 박사님이 불렀다.
 "왜들 거기 있니? 어서 방으로 들어와."
 박사님이 다정하게 말하자 아이들이 마당에

조용히 무릎을 꿇었다.

"박사님, 잘못했습니다. 용서해 주세요."

"왜들 이러니? 어서들 일어나."

박사님이 마당으로 내려와 아이들을 사랑방으로 데리고 갔다. 아이들이 다시 무릎을 꿇고 말했다.

"용서해 주세요. 저희는 박사님도 치매에 걸리신 줄 알았어요."

"괜찮다. 너희들이 우리 어머니랑 재미있게 놀아줘서 고마웠다. 내가 아무리 아이들 흉내를 내도 우리 어머니는 너희들을 더 좋아하셨어."

"잘못했습니다."

"괜찮다니까. 오히려 너희들이 고마웠다니까. 그렇지 않아도 이젠 이 만화책이랑 동화책이 필요 없어서 너희들에게 주려고 했다. 여기 있는 장난감들도 가져가라."
 박사님이 아이들에게 책과 장난감을 나눠주고, 과자를 내놓았다.
 아이들은 박사님의 인자하면서도 근엄한 얼굴을 힐끔힐끔 곁눈질했다. 아이들의 마음을 눈치챈 박사님이 '우~헤헤' 웃으며 말했다.
 "우리 누가 과자를 많이 먹나 내기할까?"
 아이들도 박사님의 마음을 알고 '으~ 헤헤' 웃으며 맞장구를 쳤다.
 "과자 다 먹으면 또 주실 거죠?"
 "그럼, 그럼. 얼마든지 줄게."
 박사님이 벽장에서 과자를 수북이 꺼내놨다.
 민 박사님과 아이들 웃음소리가 멀리까지 들렸다.

구름 승마장 데타로

구름 승마장에는 말 열두 마리가 있다. 그중에 데타로는 붉은 갈색 말인데, 발은 흰 양말을 신은 것처럼 발목까지 하얗다. 데타로 옆에는 항상 윈디가 있다. 윈디는 검은 말인데 다리와 등에 흰 무늬가 있다.

산 밑에는 벌써 봄꽃이 피었다는데, 높은 구름산에는 한참 늦게 봄이 올라왔다.

구름 승마장 말들은 겨우내 움츠렸던 몸을 일으켜 세우며 '히히~ 힝!' 목소리를 가다듬었다. 데타로도 뻣뻣한 무릎을 일으켜 세우다 풀썩 주저앉았다.

"데타로! 괜찮으세요?"

윈디가 깜짝 놀라 다가오며 물었다.

"괜찮아."

데타로는 다시 앞발을 세우고 있는 힘을 다해 일어섰다.

"히히~ 힝!"

데타로는 윈디를 안심시키려 앞발을 쳐들고 힘껏 소리쳤다. 젊어서는 경마장을 뒤흔들던 우렁찬 목소리였다. 그러나 몇 번을 외쳐 봐도 바람 소리만 났다.

"데타로! 올봄에는 좀 쉬시는 게 좋겠어요."

윈디가 듬성듬성해진 데타로의 말갈기를 턱으로 빗질하며 말했다.

"괜찮아. 등에 사람을 태우면 힘이 날 거야."

"그래도 지난겨울에 감기로 한 달 넘게 고생하시고 많이 약해지셨어요. 여기 온 지도 7년이나 되셨으니까 이젠 쉬셔도 돼요. 구름 승마장은 늙어서 일 못 하면 편안히 쉬게 해주잖아요."

"괜찮다니까. 난 내가 걸을 수 있을 때까지 사람을 태우고 싶어. 내 등에 사람을 태울 때가 제일 행복하거든."

"그러다 쓰러지시면 어떻게 해요?"

"난 일하다 가는 게 좋아. 몸 편해지자고 뒷방에 엎디어 있고 싶지 않아."

마방으로 아지랑이 햇살이 조심스레 들어와 자리를 잡았다. 테타로는 따스한 햇볕이 등에 닿자 기분이 좋아졌다.

윈디가 옆으로 왔다. 윈디는 경마장에서 구름 승마장으로 온 지 3년이 되었고 데타로보다 다섯 살이나 적다. 윈디는 데타로와 같은 빅토리 경마장에 있다가 왔는데 데타로를 무척 좋아한다. 늘 옆에서 말벗도 되어주고, 이가 약한 데타로에게 부드러운 음식을 챙겨주기도 한다.

"데타로! 경마장이 그립지 않으세요? 빅토리 경마장에서 제일 유명한 경마였잖아요."

"아니, 난 빅토리 경마장에 있을 때보다 여기 구름 승마장이 훨씬 좋아."

"왜요? 경마장에 있을 때는 얼마나 신났어요! 나는 다시 사람들의 함성이 듣고 싶어요."

"나도 사람들의 함성을 들으면 참 좋았지. 그러다 일등을 하면 세상이 다 나를 위해 있는 것 같았으니까."

"저는 경마장에서 일등을 할 수 있다면 뛰다 죽어도 좋다고 생각했어요."

"그렇게 뛰었기 때문에 일찍 다리를 못 쓰게 됐잖아. 그런데 아직도 경마장에 미련이 남아 있어?"

"네. 지금도 다시 경마장에 가고 싶어요."

"나는 말발굽 소리도, 함성도 들리지 않는 여기가 더 좋아. 경마로 살 때는 하늘 한 번 제대로 못 보고 달리기만 했는데, 여기서는 천천히 가면서 풀도 보고, 꽃도 볼 수 있잖아."

"그렇기는 해요. 천천히 가니까 새들과 이야기도 하고, 산토끼와 다람쥐들을 만나니까 좋아요."

"그래. 그래서 난 여기가 좋아. 새파란 하늘이 바로 머리 위에 있고, 하얀 목화 구름이 마구간으로 놀러 오잖아. 이렇게 하늘이 가까운 곳은 없을 거야."

"그래도 문득문득 경마장 생각이 나요. 번호를 달고 달릴 때는 너무 힘들어 도망가고 싶었지만, 그렇게 달려서 등수에 들면 목에 화환도 걸어주고, 맛있는 것도 많이 줬잖아요."

"컨디션이 안 좋아서 등수에 못 들면 사람들이 욕한 건 생각 안 나? 발로 걷어차이고 매도 맞았잖아."

"…… 후~유!"

윈디가 길게 한숨을 쉬었다.

"내가 경마장보다 구름 승마장을 좋아하는 진짜 이유는 따로 있어."

"그 진짜 이유가 뭔데요?"

"나는 여기 와서야 비로소 내가 말이라는 걸

알게 됐어."

"우리는 말인데, 말이 아닌 적이 있었어요?"

"아니, 나는 말이 아니고 로봇이었어. 오로지 경마장에서 승리하는 게 내가 태어난 이유이고 목적인 로봇! 일등 하려면 다른 말들의 눈물과 고통은 생각하면 안 되는, 나는 달리는 로봇이었어."

데타로 눈에 아주 쓸쓸한 눈물이 고였다.

"그런데 구름 승마장에 오니, 사람들이 내가 말이라는 걸 알게 해줬어. 나의 꿈과 행복이 뭔지도 알게 해줬어. 나는 지금이 제일 평화롭고 행복해."

윈디가 조용히 머리를 끄덕였다.

온 천지에 싱그러운 풀냄새와 꽃향기가 가득

한 봄날이었다.

 마구간 문이 열리자 데타로는 조용히 밖으로 나갔다. 윈디는 다른 말들을 밀어내고 얼른 데타로 뒤를 바짝 따라나섰다. 승마장 직원인 마이클은 윈디가 데타로를 따라가는 건 늘 있는 일이라 무관심했다.

 승마장에는 여덟 명이 기다리고 있었다. 애니와 제니가 엄마와 아빠 손을 잡고 있고, 신혼부부, 그리고 할아버지 할머니가 기다리고 있었다.

 마이클이 조심스럽게 한 명씩 말에 태웠다. 사람이 안전하게 타면 말은 승마장 직원인 크리스티나를 따라 줄을 서서 기다린다. 마이클은 늙은 데타로에게 제일 어린 열 살짜리 애니를 태웠다. 애니는 조금 무서워했지만, 전에 두 번 말을 타 본 적이 있다고 했다. 말고삐를 잡은 애니의 손이 떨리고 가슴이 뛰었다. 데타로는 오랜 경험으로 등에 탄 사람이 어떤 사람인지 알고, 또 어떻게 태워야 할지 잘 안다. 지금은 어린 애니가 무섭지 않게 해줘야 한다. 데타로는 머리를 최대한 뒤로 돌리고 윗입술을 말아 올려 윗니가 드러나게 웃으며 애니에게 말했다.

"애니야, 무서워하지 마. 내가 너를 공주님처럼 잘 태워줄게. 어떤 일이 있어도 너를 떨어뜨리지 않을게."

다행히 애니도 데타로의 말을 알아들었는지 데타로의 목을 끌어안고 속삭였다.

"데타로, 나는 너를 믿어!"

애니의 말을 듣는 순간 데타로는 참 행복했

다. 머리를 쳐들고 코로 크게 원을 그렸다. 말들이 기쁠 때 하는 표현이다.

"애니야! 고맙다. 애니야 정말 고마워!"

데타로는 세상에서 가장 편안하고 즐겁게 애니를 태워주고 싶었다.

그때 애니 아빠가 다가와서 말했다.

"애니, 무섭지 않니? 무서우면 말을 타지 않아도 돼."

"아빠, 난 데타로가 좋아요! 걱정하지 마세요!"

애니가 작은 손으로 데타로 등을 보드랍게 쓰다듬었다.

드디어 맨 앞에 서 있던 마이클의 말이 걷기 시작했다.

노랑나비 한 쌍이 길을 안내하듯 나풀나풀

앞장섰다. 새파란 하늘에 살짝 걸터앉았던 목화 구름도 따라나섰다. 크리스티나는 맨 뒤에 따라오며 말들을 보살폈다.

새들은 기쁘게 재깔거리고, 말들의 발걸음은 가볍고 상쾌했다. 말들이 초록색 들판을 지나 산길로 들어섰다. 소나무 사이로 바위들이 있고 조금 가파른 길이다. 데타로의 발걸음이 느려지고 앞에 말과 거리가 멀어졌다. 애니가 보드라운 손으로 데타로의 목덜미를 쓰다듬으며 말했다.
"데타로! 괜찮아?"
데타로는 애니의 목소리를 듣자 정신을 차리고 발걸음을 재촉했다. 그러나 왠지 자꾸 눈꺼풀이 내려오며 눈앞이 가물가물했다.

뒤에 오던 윈디가 바짝 쫓아왔다. 윈디가 코끝으로 데타로 꼬리를 툭 쳤다.

"데타로! 힘드세요?"

"조심해! 애니가 놀라겠어. 날씨가 따듯해 졸린 것 같아. 정신 차릴게."

데타로의 발걸음이 조금 빨라지는 것 같더니 다시 느려졌다. 소나무 사이로 오르막길을 가던 데타로는 점점 앞에 가는 말과 멀어졌다. 윈디는 마음이 놓이지 않아 아예 머리로 데타로 엉덩이를 떠밀며 올라갔다. 조금 더 올라가자 넓고 편한 내리막길이 나왔다. 그러나 데타로는 다시 스르르 눈꺼풀이 내려오며 다리에 힘이 빠졌다.

"데타로! 정신 차리세요!" 윈디가 걱정스레 말했다.

"윈디! 조용히 하라니까. 애니가 놀라잖아."

데타로는 머리를 돌리고 윗입술을 말아 올려 윗니가 드러나게 웃으며 애니에게 말했다.

"애니야, 걱정하지 마. 내가 잘 데려다줄게."

데타로가 경마장을 달리던 힘을 내어 애니를 태우고 천천히 언덕을 내려왔다. 윈디는 데타로 앞으로 가서 찬찬히 안전한 길로 안내했다.

'아~!' 드디어 데타로가 승마장에 도착했다.

애니 아빠가 데타로 등에서 애니를 안아 내렸다.

애니가 데타로를 쓰다듬으며 말했다.

"데타로, 고마워. 사랑해!"

데타로가 빙긋이 웃으며 말했다.

"애니, 고마워. 나도 너를 사랑해!"

애니가 아빠 손을 잡고 저만치 구름 승마장을 떠나자, 데타로는 천천히 천천히 누웠다. 그리고 아주 조용히 평화롭게 눈을 감았다.

윈디가 눈물을 흘리며 머리를 들고 하늘을 향해 마지막 인사를 했다.

"데타로! 그동안 수고 많이 하셨어요. 잘 가세요. 히이잉! 히이잉! 히~이~잉!"

할아버지와
옆집 아이

피터 할아버지와 수잔 할머니는 언제나 함께 있었다.

교회와 병원은 물론이고, 마트나 미장원에도 같이 다녔다. 피터 할아버지가 배나무 밑 벤치에 앉아 기타를 치며 노래를 하면, 수잔 할머니는 옆에 앉아 노래를 따라 부르며 뜨개질을 했다. 그런데 수잔 할머니가 지난해 봄에 하늘나라로 갔다. 피터 할아버지는 시도 때도 없이 수잔 할머니가 생각났다. 수잔 할머니랑 자주 가서 커피를 마시던 스타벅스(Starbucks)에 가다가 울며 돌아왔다. 마트에 가도 수잔 할머니가 옆에 있는 것 같아 눈물이 났다.

피터 할아버지가 어찌나 슬퍼하는지 마을 사람들도 모두 슬퍼했다. 다행인 건 나이가 비슷한 옆집 허드슨 씨 부부가 친구가 되어주었다. 수잔 할머니 생각에 먹지도 못하는 피터 할아버지와 음식도 나눠 먹고, 밤이면 카드놀이도 같이 했다. 그러나 가을에 허드슨 씨 부부가 딸이 사는 애리조나로 이사 갔다.

허드슨 씨가 이사 간 후, 피터 할아버지는 겨우내 집밖에 나오지 않았다. 수잔 할머니가 살았을 때 날마다 들리던 기타 소리도, 노랫소리도 들리지 않았다. 어쩌다 마을 사람들이 수프를 끓여 가면 피터 할아버지는 소파에 누워있거나, 벽난로 앞에 멍하니 앉아 창밖을 내다보고 있었다. 피터 할아버지가 수잔 할머니랑 날마다 앉아있던 배나무 밑 벤치도 늘 쓸쓸히 비어 있었다.

　벤치에 낙엽이 쌓이고, 그 낙엽 위에 눈이 내렸다.

　아무도 찾아오지 않는 길고 긴 겨울밤, 가끔 눈보라가 창문을 흔들다 갔다.

　다시는 봄이 올 것 같지 않더니 햇볕이 따사로워졌다.

　피터 할아버지가 햇빛 잘 드는 창가에 앉아 졸고 있는데, 갑자기 자동차 소리가 요란하게 들렸다. 할아버지가 창밖을 봤다. 겨우내 비어 있던 허드슨 씨 집에 유홀(U-HAUL) 트럭과 승용차가 왔다. 승용차에서 젊은 부부와 남자아이가 개 한 마리와 고양이 한 마리를 안고 내렸다. 사람들이 왁자지껄 떠들며 유홀 트럭에서 이삿짐을 집으로 옮겼다.

"허드슨 씨 집이 팔렸군! 혹시 다시 오나 기다렸는데……."

피터 할아버지는 눈물을 글썽이며 블라인드를 내렸다.

소식을 들은 마을 사람들은 피터 할아버지를 걱정했다. 허드슨 씨는 피터 할아버지랑 나이도 비슷하고 오랫동안 친하게 살았는데, 새로 이사 온 사람들은 젊은 사람들이라 할아버지와 친해질 것 같지 않았다. 더구나 남자아이는 한창 개구쟁이 짓을 할 때라 할아버지를 귀찮게 할 것 같았기 때문이다.

"딩동, 딩동, 딩동!"

다음날, 아홉 살쯤 된 남자아이가 피터 할아버지 집 초인종을 눌렀다. 청바지에 흰 셔츠를 입은 아이는 볼이 발그레하고 눈에는 호기심이 가득해 보였다. 어제 허드슨 씨 집으로 이사 온 남자아이였다. 창문으로 내다보던 피터 할아버지가 가만히 방으로 들어갔다.

잠시 조용해서 옆집 아이가 집에 간 줄 알았는데 다시 초인종이 울렸다. 할아버지는 귀찮아서 뒤뜰로 나갔다. 그런데 초인종이 또 울렸다. 아까보다 더 세게 여러 번 울려서 뒤뜰까지 시끄럽게 들렸다.

"어이구, 저 꼬마 녀석 되게 시끄럽네. 아주 고집불통인가 봐!"

피터 할아버지는 얼굴을 찡그리며 중얼거렸

다. 초인종은 더 시끄럽게 또 울렸다. 문이 열릴 때까지 초인종을 누를 기세다. 피터 할아버지는 마지못해 문을 열었다. 할아버지는 겨울 동안 부쩍 말라서 눈이 퀭하고, 머리와 수염은 덥수룩했다.

"할아버지 안녕하세요? 저는 옆집에 이사 온 앤드류입니다."

"앤드류? 무슨 일이니?"

"할아버지, 배나무에 새들이 왔는데 모이가 없어요."

"새들이 왔어?"

"네! 나와 보세요. 배꽃도 피고, 예쁜 새들도 왔어요."

피터 할아버지가 앤드류를 따라 뜰로 나갔다. 큰 배나무에 하얀 꽃들이 활짝 피어, 마치

꽃등을 단것처럼 뜰이 환했다.

"정말 배꽃이 폈구나!"

"재재재재! 재재재재!"

작고 귀여운 새들이 요리조리 배꽃을 옮겨 다니며 재잘거렸다.

피터 할아버지는 해마다 봄이 오면 배꽃 피기를 기다리며 새집을 청소하고 모이를 사 왔다. 그런데 올봄에는 배꽃과 새들이 할아버지를 기다리고 있었다. 할아버지는 배꽃과 새들이 고맙고 미안했다.

"할아버지, 새들이 배고픈가 봐요. 새 모이 없어요?"

피터가 배나무에 달린 새집들을 가리키며 말했다.

"사 와야 해. 지난가을에 다 주고 없어."

"할아버지, 그럼 저하고 같이 새 모이 사러 가실래요?"

"허허허, 그럴까?"

피터 할아버지는 앤드류와 함께 새 모이를 사 왔다. 앤드류가 새 모이를 주자 순식간에 근처에 있는 새들까지 다 모여들었다.

"할아버지, 새들이 참 예뻐요."

"예쁘지? 새들은 목소리도 예뻐. 저 노란 새(Yellow Warbler)가 뭐라고 노래하는지 아니?"

"트위트 트위트(tweet tweet) 하는 것 같아요."

"잘 들어봐. 스위트 스위트, 아이 엠 스위트(Sweet sweet, I am sweet)! 하는 것 같지 않니?"

"하하하, 정말 그러네요."

앤드류는 벤치에 앉아 발장단을 맞추며 "스위트 스위트, 아이 엠 스위트!" 새소리를 따라 노래했다.

 다음날부터 피터 할아버지는 아침 일찍 일어나 뜰과 벤치를 깨끗이 청소하고 새 모이를 줬다. 앤드류는 학교 갔다 오면 피터 할아버지 집으로 달려왔다. 피터 할아버지와 앤드류는 꽃모종을 사다가 화단에 심고, 페인트로 새집을 예쁘게 색칠했다.

 하루는 피터 할아버지가 차고 문을 활짝 열고 청소를 하는데 앤드류가 왔다.

"할아버지! 탁구대 있네요. 탁구 잘 치세요?"

"할머니하고 탁구 쳤었지. 너는 탁구 칠 줄 아니?"

"친구 집에서 몇 번 탁구를 쳤는데 잘 못해요."

"그럼 할아버지가 가르쳐 줄까?"

"네, 지금 가르쳐주세요."

"그래. 청소는 내일 하고 탁구 치자."

피터 할아버지는 청소하다 말고 앤드류하고 탁구를 쳤다. 그날부터 할아버지와 앤드류는 탁구 치느라 날마다 바빴다.

피터 할아버지와 앤드류가 탁구를 친지 한 달이 지난 토요일이었다.

앤드류 엄마와 아빠가 점심 내기 탁구 치자고 했다. 피터 할아버지와 앤드류가 한 팀이고, 앤드류 엄마와 아빠가 한 팀이 되었다. 물론 그동안 연습한 보람이 있어 할아버지와 앤드류 팀이 이겼다. 앤드류 엄마와 아빠가 핫도그와 햄버거를 만들어 맛있게 점심을 먹었다.

배꽃이 하얗게 떨어지더니 초록색 이파리 사

이에 조그만 배들이 열렸다.

"어유, 참 예쁘다! 세상이 이렇게 좋으니 천국은 얼마나 더 좋을까!"

피터 할아버지가 배나무 밑 벤치에 앉아 기타를 치며 노래를 불렀다. 수잔 할머니가 하늘나라로 간 후 일 년 만이다.

그때 앤드류가 두 손을 흔들며 뛰어왔다. 금발 머리를 나풀거리며 뛰어온 앤드류가 할아버지 옆에 앉으며 말했다.

"할아버지! 기타 정말 잘 치시네요. 노래도 가수처럼 잘 부르시고요."

"기타도 배우고 싶니?"

"네. 기타도 가르쳐 주세요."

그날부터 피터 할아버지는 앤드류에게 기타도 가르쳐 주기 시작했다.

"딩동, 딩동, 딩동!"

피터 할아버지 집 초인종이 요란하게 울렸다. 할아버지가 문을 열자, 앤드류가 큰 상자 하나를 들고 서 있었다.

"할아버지! 선물 가지고 왔어요."

"선물?"

"네. 조심해서 옮겨야 하니까 제가 거실까지 안고 갈게요."

거실에 들어온 앤드류가 선물상자를 테이블에 놨다. 할아버지가 조심스레 선물상자를 열었다.

"야옹 야옹 야옹! 미옹 미옹 미옹!"

상자 속에서 예쁜 아기고양이 두 마리가 후다닥 뛰어나와 소파 뒤로 숨었다.

"어유~ 깜짝이야!"

피터 할아버지가 너무 놀라 털썩 주저앉았다.

"아~하하하! 으~헤헤헤!"

앤드류가 할아버지 놀라는 모습을 보며 배를 잡고 웃었다. 한참을 웃던 앤드류가 아기고양이들을 붙잡아서 할아버지에게 줬다.

"어유, 귀여워라!"

피터 할아버지가 아기고양이 두 마리를 안았다. 아기고양이들은 할아버지 재킷 안으로 들어갔다. 할아버지 가슴이 따듯해지기 시작했다.

"우리 고양이가 아기고양이 다섯 마리를 낳았어요. 할아버지가 좋아하시는 고양이를 골라서 한 마리 기르셔도 되고, 고양이가 싫으시면 안 기르셔도 괜찮아요."

"네가 선물이라고 했잖아. 내가 두 마리 다 기를 거야."

"하하하! 할아버지가 좋아하실 줄 알았어요.

고양이 먹이하고 장난감 사러 가실 거예요?"

"그래. 지금 가자."

피터 할아버지와 앤드류는 애완동물 가게에서 고양이 먹이와 장난감을 잔뜩 사 왔다. 고양이 침대와 화장실도 사 왔다.

그 후, 피터 할아버지 집은 아침부터 밤까지 날마다 떠들썩하고 바빴다. 할아버지는 앤드류와 탁구 치고, 기타 치고, 고양이 두 마리도 기르며 날마다 행복했다.

작전 성공

 저녁노을이 울타리 안을 기웃거리자 할머니가 닭장으로 갔다.
 닭 모이를 훌훌 뿌려 준 할머니는 닭장 앞에 쪼그리고 앉았다.
 조그만 부리로 모이를 콕콕 쪼아 먹는 앙증맞은 병아리들을 보며 할머니가 어미 닭에게 말을 걸었다.
 "노랑 병아리들이 참 예쁘구나."
 "예, 다 할머니 덕분이에요."

"넌 참 행복하겠다. 병아리 열다섯 마리를 다 품고 사니까."

"할머니도 자식이 있잖아요."

할머니 옆에 앉아있던 강아지가 말했다.

"나도 자식이 넷이나 있지만 딸 셋은 멀리 살고 아들도 같이 안 살잖아."

할머니가 쓸쓸히 말했다.

"할머니 아들은 토요일마다 오잖아요."

닭장 옆 염소 우리에서 까만 염소가 말참견을 했다.

"그래, 너희들 말이 맞는다. 난 행복하다." 할머니가 웃으며 일어났다.

다음 날 아침, 할머니가 일어나자 안마당 빨랫줄에서 제비 한 쌍이 반갑게 인사를 했다.

"지지배배, 지지배배. 할머니 댁에 집을 짓고 살아도 될까요?"

"아이고, 제비들이 왔네! 내가 얼마나 기다렸는데 이제야 왔니?"

할머니는 '호~호호!' 웃으며 먼데 갔던 가족이 돌아온 듯 제비를 반겼다.

"우리를 기다리고 계셨어요? 고맙습니다. 지지배배, 지지배배."

제비들은 할머니가 기다렸다고 하자 신나서 계속 떠들었다.

"제발 집 짓고 새끼들 많이 낳아 잘 길러라."

할머니도 제비에게 뒤질세라 목소리를 높여 가며 계속 말했다.

"우리 집에는 수탉 한 마리와 암탉 다섯 마리가 있다. 그리고 병아리가 열다섯 마리인데 아주 귀여워. 닭장 옆에는 까만 염소가 한 마리 있고, 강아지도 한 마리 있다. 우리 강아지 이름은 해피인데 작년 여름 홍수 때 개울에 떠나려가는 걸 내가 건져왔어. 이제부터 모두 한 식구니 잘 지내라."

 할머니와 제비가 한참 떠드는 바람에 집안이 다 떠들썩했다.

 날이 밝기도 전에 제일 먼저 수탉이 "꼬끼오! 꼬끼오!" 식구들을 깨웠다.

 할머니가 방문을 열고 나오자, 해피가 꼬리를 흔들며 달려오고, 제비는 빨랫줄에 앉아 '지지배배, 지지배배!' 인사했다. 할머니가 닭장에 모이를 주러 가자, 닭장 옆 까만 염소가 '매~애~애.' 인사를 했다. 할머니는 염소 뿔을 쓰다듬어 주었다.

할머니가 해피에게 아침밥을 주다가 제비에게 말했다.

"제비야, 미안하다. 너희들 밥은 내가 만들 줄 모르니 직접 찾아 먹어야겠다."

"걱정하지 마세요. 우린 마음대로 날아다니며 맛있는 것 먹는걸요. 할머니! 세상 구경한 이야기해 드릴까요? 윗마을 부잣집에 갔더니 장대 들고나와서 쫓아버렸어요. 제비가 집 짓고 살면 똥을 싸서 비싼 집 다 망친대요. 치사하고 아니꼬워 마당에 똥 싸고 도망 왔어요. 지지배배 지지배배 지지배배……."

"잘했다. 잘했어. 우리 집에 참 잘 왔다. 우리 함께 잘살아 보자."

제비가 숨넘어가도록 빠르게 말을 해도 할머

니는 다 알아듣고 척척 말대답했다.

 사실 처음부터 할머니가 짐승이나 새소리를 알아들은 건 아니다. 많은 식구와 북적거리며 살 때는 사람들 소리 듣기도 바쁜데 언제 동물들 소리 들을 시간이 있었겠는가?

"꼬꼬댁 꼬꼬댁 꼬꼬 꼬꼬댁!" 암탉이 소리치면 알을 낳았다는 걸 알뿐이었다.

 그런데 자식들 도시로 나가고 할아버지가 세상을 떠나자, 외딴집에 혼자 사는 할머니는 이야기 나눌 사람이 없었다.

 어느 날인가부터 할머니는 강아지하고 말하게 됐고, 다음에는 닭하고 말하고, 그다음은 염소 하고 말하고, 그 그다음은 해, 달, 별과 말하고, 그, 그 그다음은 나무, 풀, 돌, 벌레들이랑도 말하게 된 것이다.

아침밥을 먹은 할머니는 염소를 끌고 나가 풀밭에 매 놓고, 집에 오자마자 채소밭을 가꿨다. 점심을 대충 먹은 할머니는 다시 들로 나가 나물을 해왔다. 새벽에 일어난 할머니는 이렇게 온종일 바쁜 것 같았다.

그러나 해가 서산에 걸리자 할머니는 우두커니 툇마루에 걸터앉아 대문만 바라봤다. 땅거미가 지자 지나가는 사람도 없고, 염소도, 닭들도, 병아리들도, 제비까지도 제집에 들어갔다.

할머니는 여전히 툇마루에 앉아 대문만 내다보고, 해피는 할머니 옆에 앉아있다가 가끔 할머니 손을 핥았다.

토요일이 되었다. 할머니는 다른 날보다 더 일찍 일어났다.

"오늘은 우리 아들 오는 날이다. 내가 좋아하는 빵과 고기를 사 올 거야."

할머니는 해피, 닭, 염소, 제비들에게 아들 온다고 자랑하고는 음식 만드느라 부산했다.

정말 점심때가 되자 할머니 아들이 멋진 차를 타고 왔다.

할머니는 나물을 무치고, 굴비를 구워 아들과 점심을 맛있게 먹었다. 할머니는 아주 행복해 보였다. 아들이 밭에 가면 밭으로 쫓아가고, 컴퓨터를 하면 그 옆에서 꿰맬 것도 없는데 바느질하고, 쑥 뜯어다 인절미하고, 달래 캐다 된장찌개하고, 종일 해가 서산에 넘어가도 툇마루에 앉을 틈이 없었다.

다음날, 일요일 저녁때 아들이 서울로 돌아갔다. 할머니는 아들 차가 산모퉁이를 돌아간 후에도 마당가에 오래도록 서 있었다.

제비가 알을 낳아 품고 있더니, 어느 날 제비 새끼들이 알을 깨고 나왔다. 제비 부부가 번갈아 가며 벌레를 물고 오면, 새끼들이 노란 입을 크게 벌리고, 야단들이었다.
"참 예쁘구나! 그런데 너희들 몇 마리니?"
할머니가 발뒤꿈치를 들고 제비 새끼들의 노란 입을 세어봤다.
"아이고, 다섯 마리네."
할머니는 식구가 다섯이나 늘었다고 동네방네 자랑했다.

새끼 제비들이 날기 연습을 시작한 토요일이다. 아침 일찍 택시를 불러 시장에 갔다 온 할머니가 지지고 볶고 허리를 두드려가며 음식 만드느라 부산했다. 할머니는 노래까지 흥얼거리고, 해피가 꼬리만 흔들어도 깔깔 웃었다. 점심때 온 아들이 할머니에게 물었다.

"어머니, 웬 잔치 음식을 만드세요?"

"내일이 네 생일이잖아. 그래서 네 친구 몇 사람 오라고 했어."

"예? 내일 오라고 했어요? 저는 오늘 밤 올라가야 하는데요."

"왜 오늘 밤에 가야 하는데?"

"모처럼 친구들이랑 내일 남이섬에 가기로 했거든요."

"그럼 내일 아침에 미역국이라도 먹고 가면 안 되니?"

"내일 아침 일찍 출발하기로 했어요."

"그래서 오늘 밤에 간 다고? 몇 년 만에 네 생일이 일요일이라서 좋아했는데……."

"내년 생일에는 꼭 어머니가 끓여준 미역국 먹을게요. 올해는 약속를 해서요."

"내년? 글쎄… 내가 내년에 미역국을 끓일 수 있을까?"

할머니는 힘없이 돌아서서 부엌으로 갔다.

조금 후 해피가 부엌에서 나오더니 염소 우리로 갔다.

"할머니가 부엌에서 우셔." 해피가 힘없이 말했다.

"아들이 오늘 밤 간다고 하니까 섭섭해서 우시는 거야."

염소가 쓸쓸히 말했다.

"할머니가 오랜만에 아들 생일잔치한다고 얼

마나 좋아하셨는데. 나 같아도 울겠다.”

닭장에서 암탉이 말했다.

“오늘 아들을 못 가게 할 수 없을까?” 해피가 눈물을 글썽이며 말했다.

“그것 좋은 생각이다. 우리가 그 인정머리 없는 아들을 못 가게 하자.” 수탉이 말했다.

“그럼 우리 모두 모여 의논해 보자.” 제비도 날아와서 말했다.

곧 염소 우리 옆에 있는 헛간으로 모두 모였다.

“할머니 아들을 오늘 밤 서울 못 가게 할 좋은 방법이 있니?”

해피가 식구들을 둘러보며 진지하게 물었다.

“신발을 감추면 되잖아.” 제비가 말했다.

“그 방법은 옛날에나 통하지 요즘은 안 통해. 신발 없어도 운전할 수 있으니까.” 해피가 말했다.

"그럼 옷을 감추면 어때?" 암탉이 말했다.

"옷? 입고 있는 옷을 어떻게 감춰?" 수탉이 핀잔하듯 말했다.

"해피야, 내 고삐를 풀어줘. 내가 아들을 뿔로 확 받을게."

염소가 말했다.

"그걸 말이라고 하니? 지금 우린 할머니를 행복하게 하려고 하는 거잖아. 그런데 아들을 받아서 다치면 할머니가 행복하시겠어?" 암탉이 말했다.

다들 생각을 하느라 눈을 감고 있는데 갑자기 해피가 소리쳤다.

"알았다. 알았어!"

"쉿! 조용히 말하세요. 할머니가 듣겠어요."

암탉 날갯죽지 속에서 머리만 내놓은 귀여운 병아리가 말했다.

모두 해피를 둘러싸고 머리를 맞대었다. 해피가 속닥속닥 말했다.

"좋아. 그렇게 하자." 모두들 머리를 끄덕였다.

저녁을 먹으며 아들이 말했다.

"어머니, 오늘 저녁에 저하고 서울 가세요. 그럼 내일 남이섬에 같이 가실 수 있어요."

"나도 그러고 싶지만 여기 식구는 다 어떻게 하고?"

"어머니! 여기 식구들이라뇨? 여기 누가 있어요?"

"왜 없어. 강아지도 있고, 염소도 있고, 닭들과 제비도 있잖아. 그리고 채소밭도 날마다 가꿔야 하고."

"제가 이웃집에 부탁할게요."

"말은 고맙지만 안 되겠다. 모두 나만 보고 사는데 그럴 순 없지."

아무리 말해도 할머니가 따라나서지 않자 아들이 일어나며 열쇠를 찾았다.

"어머니, 자동차 열쇠 못 보셨어요?"

"자동차 열쇠? 어디다 놨는데?"

"마루 책상 위에 놨는데요."

"책상 위에 둔 열쇠가 어딜 갔겠어. 다른데, 뒀나 잘 찾아봐."

"다 찾아봤어요. 혹시 해피가 물어가지 않았을까요?"

"해피는 신발 한 짝 물어가지 않는데 열쇠를 왜 물어갔겠어?"

"아무튼, 해피가 안 보이니 찾아볼게요."

"해피야, 해피야!"

할머니와 아들이 해피를 불렀지만 어디 갔는지 코빼기도 안 보였다.

집 안팎을 다 찾아봐도 해피가 없자 아들이 '허허~허' 웃었다.

"어머니! 해피가 저보다 낫군요. 어머니 마음을 알고 저를 못 가게 하네요."

아들은 입었던 겉옷을 벗어놓고 서울로 전화를 했다.

"여보! 내일 아침에 자동차 열쇠 가지고 이리로 와요. 열쇠가 없어 오늘 못 가게 됐어. 무슨 일이냐고? 자세한 이야기는 내일 하고 밤이 더 늦기 전에 같이 가기로 한 친구들에게 연락해요."

결국, 할머니 아들은 서울을 못 가고 할머니 옆에서 잠들었다. 그런데 해피는 어디 갔는지 밤새 집에 오지 않았다.

다음 날 아침, 할머니가 나오면 달려오던 해피가 아침이 되어도 오지 않았다.
"해피야! 해피야!"
할머니가 해피를 부르며 한바탕 집 안팎을 찾아봐도 해피는 꼬리도 안 보였다. 할머니 가슴이 철렁 내려앉았다.
"혹시 뒷산에서 여우가 내려와서……"
할머니는 눈물이 핑 돌고 다리가 후들후들 떨렸다.
"지지배배, 지지배배! 할머니 오늘 날씨가 아주 좋아요."

제비가 안마당 빨랫줄에 앉아 할머니한테 아침 인사를 했다.

"제비야, 너희들은 해피가 어디 있는지 봤니?"

"못 봤어요. 좀 있으면 오겠지요."

제비들은 해피가 없어졌다는 데도 걱정은 안 하고 동네방네 이야기만 끝없이 했다.

할머니는 까만 염소에게 먹이를 주며 물었다.

"염소야, 우리 해피 봤니?"

"못 봤는데요. 걱정하지 마세요. 곧 오겠지요."

까만 염소도 해피가 없어졌다는 데도 아침만 냠냠 맛있게 먹었다.

할머니가 닭들에게 모이를 주며 물었다.

"꼬꼬닭들아, 예쁜 병아리들아! 너희들은 해피 못 봤니?"

"몰라요. 몰라요. 우린 아무것도 몰라요."

닭들도 병아리들도 모이만 콕콕 쪼아 먹지 해피 걱정은 조금도 안 했다.

"에구, 인정머리 없는 것들! 어떻게 너희들은 해피가 없어졌는데도 눈곱만큼도 걱정을 안 하니?"

"할머니, 해피 걱정하지 마시고 아침이나 하세요."

암탉이 말했다.

"그래, 해피가 날 버리고 어디 갔겠니? 무슨 일 없으면 돌아오겠지."

할머니는 우선 아들 생일상을 차려주고 해피를 찾기로 했다.

부엌에서 미역국 냄새가 나고 불고기 냄새도 났다.

"와~아, 이 댁에는 제비 새끼들이 있네!"

아들 친구들이 집에 들어오다 제비들을 보고 반가워했다.

"우리는 집을 새로 짓고부터 제비가 안 와."

친구 한 명이 말했다.

"제비들이 양옥집은 안 좋아하나 봐."

"맞아, 한옥이라야 가축들 기르기도 좋고, 제비나 참새하고도 어울려 살 수 있거든. 요즘 사람들 너무 편한 것만 생각하다 자연하고 멀어지는 거야."

"맞는 말이야, 다음에 집을 지으면 난 다시 한옥을 짓고 구들 놓고 불도 때고 싶어."

모처럼 만난 친구들이 정겹게 이야기를 나누는데, 밖에서 자동차 소리가 들렸다.

"할머니!" 할머니의 손자들이 뛰어 들어오며

할머니를 불렀다.

"아이고, 우리 강아지들 왔구나!" 할머니가 웃으며 부엌에서 마주나왔다.

서울에서 며느리와 손자 손녀, 그리고 아들 친구들이 온 것이다.

"어머님, 참 좋은 곳에 사십니다. 뒤에는 산이고 앞에는 개울이고, 세상에 이렇게 좋은 곳이 또 있겠습니까?"

서울 아들 친구들은 감탄하고 또 감탄했다.

"남이섬 못 가게하고 촌구석에 오게 해서 미안해요."

할머니는 행주치마로 이마에 땀을 닦으며 몇 번이나 미안하다고 말했다.

서울에서 해온 음식과 할머니가 준비한 음식으로 생일잔치가 근사하게 벌어졌다.

모처럼 할머니 댁에서 나는 웃음소리가 들판까지 들렸다.

그때 해피가 꼬리를 살랑살랑 흔들며 대문으로 들어왔다. 할머니가 쫓아나가자 해피가 입에 물고 있던 열쇠를 할머니 손에 놓았다.

"해피야, 네가 열쇠를 가지고 숨었었니?"

할머니가 열쇠를 받으며 해피 머리에 꿀밤을 주는 척했다. 할머니 아들이 열쇠 이야기를 하자 사람들은 먹던 밥알이 튀어나오도록 한바탕 웃었다.

해피 때문에 한참을 웃던 서울 친구들이 부러운 듯 말했다.

"그동안 이렇게 좋은 곳에 혼자 다녔나? 앞으론 우리도 같이 오게 해주게."

"그러게 말이야. 오늘 같은 날도 이렇게 좋은

곳을 두고 왜 남이섬으로 가자고 했지?" 다른 친구들도 말했다.

"얼마든지 와요. 대환영이니까."

할머니가 깻잎과 상추를 더 내오며 말했다. 할머니가 아이들처럼 좋아하자, 아들이 할머니에게 물었다.

"어머니, 힘들지 않으시겠어요?"

"힘들기는 뭐가 힘들어. 뭐니 뭐니 해도 사람 집에는 사람이 많을 때가 좋은 거야."

"어머니 알았어요. 이제부터는 쉬는 날이면 친구들 다 데리고 올게요."

"할머니, 저희도 자주 올게요."

손자 손녀가 말했다.

"어머니, 저도 올게요."

며느리도 말했다.

"호호호, 그럼, 그럼! 모두 오면 나는 참 좋지."

할머니의 웃음소리가 집 안 구석구석 퍼져나갔다. 그제야 해피가 아주 큰 소리로 말했다.

"왈왈, 멍멍, 작전 성공이다!!"

"와, 작전 성공이다."

염소, 닭들과 병아리, 그리고 제비들이 환호성을 올렸다.

"작전 대 성공이다!"

해피가 한 번 더 큰 소리로 친구들에게 소리쳤다.

아직 늦지 않았어

　나는 무릎이 아파 주사를 맞고 집에 오다가 가까운 공원으로 갔다.

　공원은 한낮이라 노인 몇 명이 벤치에 앉아 한가로이 담소를 나눌 뿐 고즈넉했다. 나는 혼자 벤치에 앉아 단풍을 보다 콧등이 시큰해졌다.

　'곧 떨어질 텐데 뭐 하려고 저렇게 곱게 물들었을까?'

　눈에 눈물이 고이더니 주르륵 흘러내렸다.

　'허어~참, 늙은이가 뭔 눈물을……'

나는 누가 볼까 봐 얼른 손등으로 눈물을 훔치고 일어났다.

은행나무 밑을 천천히 걸었다. 바람이 흔들지도 않았는데 노란 은행잎들이 조용조용 떨어졌다. 떨어지는 노란 은행잎은 참 아름다운데 쓸쓸했다. 혼자 천천히 공원을 걷던 나는 발을 멈췄다.

"어? 저 나무는 왜 저렇지?"

다른 나무들 잎은 노랗고 빨갛고 예쁜데, 공원 끝에 있는 단풍나무는 잎이 누렇고, 칙칙했다. 나는 한참을 서서 그 단풍나무를 올려다봤다. 잎에 꺼뭇꺼뭇한 점이 많고, 벌레가 갉아먹은 자국도 많았다.

'내 인생도 가을인데… 내 모습은 어떨까?'

'나는 곱게 물들었을까? 아니면 벌레 먹고 병

들어 누렇고, 칙칙할까?'

 스마트폰으로 내 몸을 천천히 봤다. 머리칼은 허옇고, 주름진 얼굴은 검버섯이 꺼뭇꺼뭇했다. 그러나 내가 말하는 '내 모습'은 늙어 초라해진 외모를 말하는 게 아니다. 내면의 모습을 말하는 것이다. 외모는 남자라도 머리를 염색하고, 검버섯을 빼면 훨씬 젊어 보인다. 그러나 내면의 모습은 염색하고, 검버섯을 빼도 젊게 할 수 없다. 나는 힘없이 머리를 흔들며 길게 한숨을 쉬었다.

"이제 곱게 물들기는 틀렸어. 너무 늦었어."

 나는 혼자 중얼거렸다. 그러자 가슴속에서 볼멘소리가 튀어나왔다.

"늦긴 뭐가 늦어? 아직 안 늦었어."

"봄 여름 다 가고 가을도 깊어 겨울이 곧 올

텐데 언제 곱게 물들겠어?"

"요즘은 백세 세상이니까 이제부터 고운 단풍잎을 만들면 되잖아."

"언제 죽을지 모르는데 뭘 하라고?"

"내일 죽어도 오늘 사과나무를 심으라고 했잖아. 지금 시작해 봐."

"내가 지금 뭘 해서 누렇고 칙칙한 내 삶이 밝고 아름다워지겠어?"

"해 봐! 꿈을 가지고 열심히 사는 사람은 젊은 사람이래."

"이미 늙었는데 꿈을 가진다고 뭐가 젊어져?"

"그럼 마음대로 해. 그냥 아프기만 하다가 죽던가, 아니면 지금부터라도 곱게 물들던가 마음대로 해."

"…… 그냥 이렇게 아프다가 죽으라고? 그건 너무 비참하잖아."

나는 버럭 화를 내고 벌떡 일어났다.

누가 봤다면 치매 걸렸거나 미친 사람이라고 생각했을 것이다. 혼자 공원 벤치에 앉아 떠들더니 소리 지르며 벌떡 일어났으니 정상으로 볼 수 없을 것이다. 다행히 근처에는 사람이 없었다.

나는 그길로 문구점에 가서 포스터 용지 한 장과 색종이를 샀다. 어릴 때 문방구에서 예쁜 색종이를 사면 기분이 좋아서 까치발 걸음으로 뛰어가던 생각이 났다. 보는 사람이 없자 나는 까치발 걸음으로 뛰어봤다.

"아이구, 무릎이야!"

나는 몇 발자국 뛰다가 주저앉았다. 그래도

마음속에서는 어린 내가 색종이를 들고 깡충깡충 까치발 걸음으로 뛰어가며 웃고 있었다.

나는 집에 와서 포스터 용지에 커다란 나무를 그렸다. 그런데 나뭇잎은 하나도 그리지 않았다.

'아름다운 단풍나무를 만들어야지! 남을 위해 좋은 일을 하면 빨간 단풍잎을 붙이고, 나를 위해 좋은 일을 하면 노란 단풍잎을 붙여야지!'

나는 색종이로 빨간 단풍잎과 노란 단풍잎을 많이 만들었다. 그리고 빈 나뭇가지에 노란 단풍잎 두 개를 붙였다.

늦게나마 취미생활로 서예학원에 다니는 건 나를 위해 잘하는 일이니까 노란 잎 하나를 붙이고, 아름다운 단풍나무를 만들기 시작한 것도 나를 위해 잘한 일이니 노란 잎 하나를 더 붙였다. 나는 노란 단풍잎 두 개를 붙이니 한결 기분이 좋아져서 빙긋이 웃었다.

며칠 후 아들이 내 방을 지나가다 발을 멈췄다. 내가 벽에 붙여놓은 단풍나무 앞에 우두커니 서 있었기 때문이다.
"아버지, 그 나무는 무슨 나무야요?"
"이거? 음… 내 나무야!"
"아버지 나무요?"
"허허허, 이 나무가 나야."
"그런데 왜 노란 단풍잎 둘밖에 없어요?"
"이제부터 빨간 단풍잎과 노란 단풍잎을 붙일 거야."
"단풍잎을 붙여요?"

아들은 한참 동안 어리둥절하여 서 있었다. 나는 아들한테 단풍나무에 대해 대충 설명했다.

"재미있겠네요. 잘해보세요."

아들은 나를 보고 피식 웃었다. 마치 아홉 살짜리 자기 아들이 미술 숙제하는 걸 보고 웃듯이……

나는 창피했다. 그리고 아들이 서운했다. 늙은 아비의 마음을 다 알지 못해도 어느 정도 이해할 줄 알고 설명했는데 어린애 취급하다니 자존심 상했다.

'네가 이 늙은 아비의 마음을 눈곱만큼이나 아니?'

나는 튀어나오는 말을 억지로 삼켰다.

치과에 갔다가 좀 늦게 서예학원에 가니 송

암 선생 혼자뿐이었다.

"죽헌 선생님 이제 오세요?"

"네, 좀 늦었어요. 그런데 다른 분들은 안 나오셨어요?"

"원장님이 갑자기 일이 생겨 학원에 못 나오셨어요. 그래서 다들 용문산 은행나무 단풍 보러 갔어요."

"아, 다들 용문산 갔군요. 그런데 송암 선생님은 왜 혼자 남으셨어요?"

"올가을에는 어디 가고 싶은 생각이 없네요."

송암 선생이 둥굴레차 두 잔을 들고 오며 쓸쓸히 웃었다.

"이상하게 올해는 단풍나무 밑에 앉아있으면 좀 서글퍼져요."

"서글퍼진다고요?"

"내가 나무만도 못한 것 같아서요."

"송암 선생님도 그런 생각하셨어요?"

"죽헌 선생님도 그런 생각하셨어요?"

"아마 우리가 늙어서 그런 생각을 하나 보네요."

"그런가요? 죽헌 선생님은 중학교 선생님이셨지요?"

"벌써 정년퇴직한 지 14년이나 된걸요. 송암 선생님은 회사 다니셨지요?"

"쉰 살에 명예퇴직한 후 그동안 여러 가지 일을 했어요."

둥굴레차를 한 모금 마신 송암 선생이 지난 이야기들을 꺼냈다.

"그동안 이것저것 해 봤지만 애들 셋 가르치는 게 힘겨웠어요."

"저도 퇴직 후 뭘 좀 해 보고 싶어 꽃집을 했어요. 그런데 경험이 없으니 꽃들이 죽더라고요. 몇 년 동안 고생만 했어요."

"저는 다 늙어서 아파트 경비까지 했어요. 작년까지요. 그것도 70이 되니 못 하게 하네요."

송암 선생은 둥굴레차를 책상에 올려놓고 씁쓸하게 웃었다.

"요즘 아파트 경비가 쉽지 않다면서요?"

"말이 경비지 아파트 머슴이지요. 쓰레기 분리하고 청소하고… 그것보다 힘든 건 별 볼 일 없는 사람들한테 무시당하는 거죠."

"사람들이 다 그런 건 아니지요?"

"그럼요. 나이 많은데도 일한다고 깍듯이 인사하는 사람도 있으니까요."

"마땅히 그래야지요."

송암 선생은 둥굴레차를 다 마시더니 속마음을 털어놓기 시작했다.

"저는 집사람 세상 떠나고 막내딸하고 살다가 지난봄에 나왔어요. 말은 안 해도 나 때문에 딸이 결혼을 못 하는 것 같아서요."

송암 선생은 학원에서 가까운 서울 변두리에 작은 집 하나를 구해 텃밭을 가꾸며 살게 된 이야기를 했다. 밥하고 빨래하는 건 귀찮아도 공기 좋고 마음 편해 좋다고 했다. 큰아들이 모시겠다고 했지만 거절했다고 한다. 외로운 것도 힘들지만, 자식들 눈치 보는 건 더 힘든 것 같다고 했다. 송암 선생이 이런저런 이야기를 하자, 나도 아무한테도 말하지 않던 내 이야기를 꺼냈다.

"저는 집사람이 세상 떠나자 아들이 들어와

서 살아요. 고향에 내려가 채소밭이나 가꾸며 살고 싶은데 아홉 살짜리 손자 녀석이 눈에 밟혀 차마 못 떠나고 있어요."

"며느님이 직장에 다니지요?"

"네. 며느리도 외동딸로 공부 많이 했고 출판사에서 일하는데 그만두라고 할 수 없어요."

"그렇지요. 요즘은 여자들도 능력 있는데 살림만 하라고 할 수 없지요."

"네, 그래서 손자 녀석 학교와 학원에 데리고 다니고, 어미 아비 올 때까지 데리고 있어요."

"재혼은 안 하세요?"

"그게… 쉽지 않아요."

"그렇지요? 늙을수록 마음 의지할 사람 있으면 좋을 것 같은데 그게 여러 가지로 쉽지 않지요."

"평생을 일했으면 늙어서는 잘 살아야 하는데……."

"그러게요. 열심히 일했는데 이제 늙고 병들었네요."

"허허허! 그래서 송암 선생님이 오늘 단풍 구경하러 가기 싫으셨나 봅니다."

"그럴수록 친구들과 어울려야 하는데 그게 잘 안되네요. 제 성격 탓이겠지요."

"지나간 세월이야 할 수 없지요. 남은 날들이라도 늙었다고 한탄만 하지 말고 아름답고 멋지게 살아야지요."

"어떻게요? 이제 다 늙었는데요."

"저는 요즘 가을 숙제를 하기 시작했어요."

"가을 숙제요? 가을 숙제가 뭔데요?"

나는 며칠 전 시작한 단풍나무 만들기를 자

세히 설명했다.

"우리 자신을 위해서 여행도 하고, 악기도 배우고, 사진도 찍고, 글도 쓰고, 할 건 얼마든지 있어요."

나는 방학을 앞둔 초등학생처럼 하고 싶은 일들을 신나게 말했다. 처음에는 남의 이야기처럼 시큰둥하게 듣던 송암 선생도 점점 솔깃하게 들었다.

"사실 저도 어렸을 때는 꿈 많은 소년이었어요. 과학자도 되고 싶었고, 시인도 되고 싶었고, 음악가나 미술가도 되고 싶었어요. 그러나 이룬 것은 하나도 없어요. 공부하고, 군대에 갔다 와서 취직하고, 결혼했어요. 그리고 회사와 집을 오가는 일이 너무 바쁘고 힘들어 꿈은 생각할 틈도 없었어요."

"다들 그렇게 살았지요."

"지금이라도 뭐가 할 수 있을까요?"

송암 선생이 수줍은 소년처럼 머리를 긁적이며 물었다.

"송암 선생님도 단풍나무 만드실래요? 그리고 일 년 후에 누가 더 많은 단풍잎을 붙였나 내기할까요?"

"내기요? 내기라면 열심히 해야겠네요."

"단풍잎 조금 붙인 사람이, 단풍잎 많이 붙인 사람에게 식사 대접 하깁니다."

"허허허 좋습니다."

"그럼 우리도 오늘 단풍 구경하러 갈까요?"

"가야지요. 그래야 노란 단풍잎 하나 붙이지요."

우리는 서둘러 용문산으로 떠났다. 추수 끝난

빈 들판에서 동지를 만난 것처럼 든든해졌다.

  나는 그동안 바쁘다고 외면했던 동창회에 갔다. 먼저 세상을 떠난 친구들도 있고, 혼자된 친구들도 있고, 아픈 친구들도 있고, 생활이 몹시 어려운 친구도 있었다. 나는 혼자된 친구들에게 말벗이 되어주고, 아픈 친구는 직접 찾아가기도 했다. 다행히 요즘은 전화나 카톡이 있고, 이메일 하는 친구도 있어 마음만 있으면 연락하기가 쉬웠다. 경제적으로 어려운 친구는 자주 만나 밥을 사 주기도 했다. 어떤 보상을 바라고 하는 게 아니고 그냥 하고 싶어서 한다. 덕분에 빨간 단풍잎을 하나씩 붙이면 아이들처럼 기뻤다. 단풍나무 앞에 서서 나날이 늘어나는 단풍잎을 보는 게 기쁨이고 행복이 되었다.

단풍잎 붙이는 재미에 푹 빠진 나는 시에서 하는 노인 합창단에 가입했다. 모여서 연습하고, 양로병원이나 양로원에 공연도 다녔다. 가끔 멀리 원정 공연도 갔다.

내 단풍나무는 빨간 단풍잎과 노란 단풍잎이 적당히 어울려 더 아름다웠다. 그렇게 아프던 무릎도 돌아다니고 오히려 훨씬 덜 아프고, 종아리가 통통하고 탄탄해졌다.

나는 송암 선생을 만나 단풍잎 붙이는 이야기를 하면 정말 신났다. 송암 선생도 열심히 단풍잎 붙이기를 했다. 몸은 날마다 바쁜데, 오히려 건강해지고, 깜빡거리던 기억력도 좋아진다고 했다.

"죽헌 선생님이 이기실 것 같아요. 저도 좀 더

열심히 해야겠어요."

"제가 생각하기에는 송암 선생님이 이기실 것 같아요."

우리는 서로 추켜세우며 웃었다.

나와 송암 선생은 단풍잎을 붙일 적마다 그 단풍잎을 붙이게 된 이야기를 썼다. 그리고 그 단풍잎 이야기를 둘이 모아 책을 만들었다.

아름다운 성공
___

송종현 사장님이 정년 퇴임하는 날이다.

퇴근 시간이 되고 사장님이 사무실로 오자 직원들이 모두 일어났다.

"그동안 회사를 위해 열심히 일해주셔서 감사합니다. 특히 코로나-19 팬데믹으로 어려울 때 힘을 합해 회사를 지켜준 분들께 진심으로 감사드립니다. 앞으로 새로 오시는 사장님도 잘 도와주시길 부탁드립니다."

사장님이 작별 인사를 하자, 직원들은 몹시

아쉬워하며 눈물을 흘리기도 했다. 30년 동안 직원들을 가족처럼 아껴주던 사장님이기 때문이다. 송종현 사장님이 인사를 끝내고 나가다가 돌아서며 말했다.

"한 가지 잊은 게 있네요. 그동안 인수인계를 다 했는데 내가 30년 동안 쓰던 컨테이너 정리를 못 했어요. 혹시 남아서 컨테이너 정리해 줄 사람 있습니까?"

퇴근하려던 직원들이 망설이며 서로 눈치를 봤다. 마지막 날인데 사장님이 끝까지 일하시는 건 성품이니까 어쩔 수 없지만, 퇴근 후에 남아서 일하라는 건 평소에 직원들을 잘 배려하는 사장님 답지 않다는 표정들이었다. 직원들이 얼른 대답을 안 하자 서 상무가 말했다.

"사장님, 컨테이너 정리는 주말에 저희가 하

겠습니다. 걱정하지 마시고 가세요."

 직원들은 서 상무 말을 듣고 이 핑계 저 핑계를 대며 슬금슬금 나갔다. 남은 사람은 일곱 명이다. 사장님이 그들에게 컨테이너 열쇠를 주며 말했다.

"컨테이너에 가면 나무상자 열 개가 있는데 사무실로 가지고 올 수 있을까요?"

 일곱 명이 창고에 가서 나무상자들을 옮기기 시작했다.

"어유~ 무거워. 이렇게 무거운 줄 알았으면 그냥 갈 걸 공연히 남았네."

 직원 한 명이 나무 상자를 들다가 내려놓으며 말했다.

"송 사장님은 이제 우리 사장님이 아니야. 억지로 힘든 일 할 필요 없어."

옆에 있던 직원이 소곤거렸다. 두 사람은 슬그머니 도망갔다. 남은 다섯 사람이 땀을 뻘뻘 흘리며 나무상자들을 사무실로 옮겼다. 나무상자를 열자 500원, 100원, 50원, 10원, 일 원짜리 동전들이 가득가득했다.

"지금부터 이 동전들을 계산해 주세요. 그리고 자기가 계산한 돈은 자기 책상 위에 두세요. 나중에 누가 얼마만큼 동전을 계산했는지 알아야 할 일이 있어서요."

"와~아! 진짜 많네요. 이걸 손으로 계산한다는 건 불가능합니다."

직원 한 명이 한 발 뒤로 물러서며 머리를 절레절레 흔들었다.

"사장님! 은행에 가면 기계가 동전을 분리해서 다 계산해 줍니다. 종이돈으로 주니까 부피도 적고 순식간에 할 수 있어요."

다른 직원 한 명이 말했다.

"미안합니다. 동전으로 쓸데가 있으니까 힘들지만, 손으로 해주세요."

불평하는 직원이 있는데도 사장님은 볼일 보고 온다고 그냥 나갔다.

다섯 명은 각자 동전을 세기 시작했다. 30분이 지났다.

"난 동전 냄새에 속이 메스꺼워 도저히 못하겠어요."

한 명이 정리하던 동전을 상자에 확 쏟아버리고 나갔다. 한 시간이 지났다.

"에이, 나도 손톱이 아프고 머리 아파서 더는 못하겠어요."

또 한 명이 세던 동전을 책상에 놔둔 채 확 나

가 버렸다. 이제 남은 사람은 세 사람이다. 시간이 흐를수록 눈이 아프고, 어깨와 허리도 아프고, 머리도 아프고 손은 새까매졌다.

밤 10시 30분이 되었다. 드디어 세 사람은 그 많은 동전을 다 계산했다.

천영훈 씨는 7,463,790원

박태진 씨는 7,236,730원

서경덕 상무는 7,572,130원이었다.

그때 사장님이 저녁을 사 가지고 들어왔다.

"아직도 안 갔어요?"

"사장님께 보고하고 가야지요."

서 상무가 책상 위에 산더미처럼 쌓인 동전들을 가리키며 말했다.

"마지막 날인데 늦게까지 일을 시켜 미안합니다."

"사장님! 마지막 날인데 좀 늦으면 어떻습니까?"

"세 사람 고생 많았어요. 아직 저녁도 못 먹었지요?"

사장님이 테이블 위에 설렁탕을 꺼내놓았다.

"저희 먹으라고 사 오셨어요?"

천영훈 씨가 입맛을 다시며 다가앉았다.

"사장님은 어떻게 제가 지금 설렁탕 먹고 싶은지 아셨어요?"

서 상무가 물을 떠오며 말했다.

"밖에 날씨가 추우니까 뜨거운 게 좋을 것 같아서요."

사장님이 수저를 집어 주면서 말했다.

"오늘 동전 정리한 것 각자 자기 차에다 실으세요."

저녁을 먹은 후 사장님이 세 사람에게 말했다.
"네. 너무 무거우니까 저희가 사장님 댁까지 실어다 드릴게요."
"그게 아니고, 그건 여러분의 돈입니다."
"사장님, 무슨 말씀이세요?"
서 상무가 어리둥절한 표정으로 물었다.
"그 돈은 마지막까지 최선을 다한 여러분의 특별 보너스입니다. 세 사람은 자기가 계산한 돈을 가지고 집에 가세요."
"예? 이 많은 돈을요?"
천영훈 씨가 깜짝 놀라며 말했다.
"안 됩니다."
박태진 씨가 손사래를 치며 말했다.
"사장님! 우리가 보너스 받으려고 여태 일했다고 생각하세요?"

서 상무가 몹시 서운한 표정으로 볼멘소리를 했다.

"난 30년 동안 이 동전들을 모으면서 이 돈의 주인을 만나게 해 달라고 기도했어요."

"이 돈의 주인이요?"

"여러분이 이 돈의 주인입니다."

"어휴~ 저는 아닙니다."

세 사람 모두 뒤로 물러섰다.

"나는 지금 정말 기쁩니다. 30년 동안의 내 사업이 실패하지 않았다는 걸 여러분이 증명해주었기 때문입니다."

"그게 무슨 말씀이십니까?"

"내가 30년 동안 돈만 벌고 사람은 못 얻었다면 내 사업은 실패한 겁니다. 여러분이 있어서 내 사업이 성공했다고 생각하고 떠나게 되었어요. 참으로 고맙습니다."

 사장님 눈에 눈물이 핑 돌았다. 머리를 숙인 세 사람의 눈에도 눈물이 가득 고였다.

 사장님이 주머니에서 카드를 꺼내 세 사람에게 하나씩 나눠줬다.

 "은퇴 후 고향으로 내려가려고 작은 농장을 만들었어요. 세 사람에게 조금씩 분양할 테니까 주말에 만나서 같이 농사를 지어보실래요?"

 "주말농장이요? 우와! 너무 좋지요."

 "내일부터 주말농장에 가도 됩니까?"

 세 사람은 웃고 손뼉 치며 펄쩍펄쩍 뛰며 좋아했다.

 송종현 사장님은 아이들처럼 좋아하는 세 사람을 보며 행복하게 웃었다.

아이들 마을

마을 아이들이 연못가에 모였다.

아이들은 개구리 알을 보러 온 척했지만, 사실은 연못가에 있는 교장 선생님 댁을 보러 왔다.

교장 선생님은 서울에 살면서 주말과 방학 동안에만 시골에 왔다. 그런 교장 선생님이 요즘 집수리를 시작했기 때문이다.

"교장 선생님이 집 수리하시네."

"정년퇴직하시고 앞으로 여기 와서 사신대."

"앗싸, 그럼 우리 동네가 앞으로 재미있겠다."

"어른들은 벌써 걱정이 태산인데 뭐가 재미있니?"

"어른들이 왜 걱정하시는데?"

"교장 선생님은 학원에서 배우는 것보다 산과 들에서 배우는 게 더 좋은 과외 공부라고 하시잖아. 그러니까 엄마 아빠들이 좋아하시겠냐?"

"그건 어른들의 쓸데없는 걱정이고, 솔직히 말하면 우리는 교장 선생님이 오시면 좋지."

"히히히. 그건 그래. 교장 선생님과 살면 좋은 일 많이 생길 거야."

아이들은 호기심 가득한 눈으로 집수리하는 교장 선생님 댁을 보며 웃었다.

아이들은 하루에도 몇 번씩 연못으로 개구리

알을 보러 왔다. 개구리 알은 아이들이 볼 적마다 눈이 더 까매지고, 교장 선생님 댁은 조금씩 변해갔다.

  그러던 어느 날, 교장 선생님 댁 대문 앞에 '아이들 집'이란 커다란 현판이 걸렸다.

  아이들은 궁금해서 참을 수가 없었다. 개구리 알을 보는척하던 아이들이 우르르 대문 앞으로 몰려갔다.

"교장 선생님!"

아이들이 소리쳐 부르자 교장 선생님이 나왔다.

"어서들 와라."

"교장 선생님! '아이들 집'에 들어가 봐도 돼요?"

"그럼, 너희들 집이니까 얼마든지 들어와 봐. 그런데 이 바깥마당은 어떠냐? 이번에 좀 넓히고 잘 다듬었는데."

"운동장처럼 넓고 좋아요."

"앞으로 우리 여기서 탈춤도 추고 풍물놀이도 하자."

"와아아아! 진짜 재미있겠어요."

아이들이 손뼉을 치고 함성을 지르며 좋아했다.

교장 선생님이 아이들을 데리고 사랑채로 갔다.

"여기가 사랑채인데 사랑방과 침방(침실)을 합해서 큰 방을 만들었다. 여기서 탈도 만들고 연도 만들자. 할아버지와 할머니들이 가르쳐 주실 거야."

"그럼 제기도 만들고 팽이도 깎나요?"

"그래, 너희들이 잘 배워서 후손들에게 전해야 한다. 알았니?"

"예. 알았어요."

사랑채를 소개한 교장 선생님이 아이들을 데리고 행랑채로 갔다.

"이 행랑채에 있던 마구간과 광을 모두 개조하여 책을 보관하는 서고로 만들었다."

"그럼 이 행랑채에 있는 방은 누가 살아요?"

"행랑방은 아이들 집을 관리하실 분이 살기로 했어."

아이들은 점점 더 신나서 교장 선생님을 따라서 안채로 갔다.

"안채는 안방과 윗방, 대청마루, 건넌방을 모두 도서관으로 만들었다. 내일이면 너희들이 읽을 책들이 온다. 많이 읽어라."

"만화책이나 동화책도 있나요?"

"물론이지, 우리나라 책뿐만 아니라 외국 책

도 많다."

　교장 선생님은 아이들을 데리고 다니며 집안 이곳저곳을 설명해 줬다.

　뒷마당에는 야트막한 토담이 있고 작은 사립문이 있었다.
"자, 마지막으로 별채를 보러 가자."
　교장 선생님이 사립문을 열었다. 별채에는 복숭아꽃, 살구꽃, 앵두꽃이 한창 피어 있었다. 그 꽃 속에 작은 기와집이 그림처럼 있었다.
"어머나! 이 집은 누구네 집이에요?"
"이 집은 내가 동화를 쓰며 살 집이다. 앞으로 너희들이 놀러 오면 동화도 읽어주고 옛날이야기도 해줄게."
"와~아 멋있어요! 그런데 이 집은 창호지 문

이에요?"

"그래. 예전부터 있던 창호지 문에 유리 덧문을 만들었다. 창호지 문은 공기가 잘 통하고 햇빛이 들어도 눈부시지 않아 아주 좋다. 비 오거나 추울 때는 유리 덧문을 닫으면 돼. 그리고 이 집은 옛날 그대로 구들을 놓았다. 나무를 때고 아궁이에 밤도 구워 먹고, 고구마도 구워 먹자."

"그럼 여긴 촛불을 켜나요?"

"그래. 촛불도 켜지만, 램프 모양의 전깃불도 있다. 램프하고 똑같이 생겨서 분위기가 그럴싸하다."

"교장 선생님! 언제부터 우리가 올 수 있어요?"

"앞으로 열흘이면 다 준비된다. 그때 너희들이 제일 먼저 와라."

"예. 저희가 제일 먼저 올게요."

아이들이 깡충깡충 뛰며 좋아하자 교장 선생님이 허허허 웃었다.

'아이들 집'이란 현판이 걸리자 마을 어른들은 여기저기 모여 입방아를 찧었다.

"이 촌구석에 아이들 집이 뭐람? 아이들이 있어야 아이들 집이 필요하지?"

"그러게 말이야. 아이들이라야 겨우 열 명이고 죄다 노인들뿐인데."

"차라리 경로당을 만들지."

"어이구, 교장 선생님이라 아이들밖에 몰라."

마을 사람들이 쑥덕거리는 동안 연못 둘레에는 벤치가 생기고 아름다운 음악이 들렸다.

쑥덕거리던 마을 사람들이 하나둘 연못가를

기웃거리기 시작했다. 어느새 할아버지들은 노송 밑에 앉아 장기나 바둑을 두기 시작했다. 또 얼마 있으니 할머니들이 와서 뜨개질하며 놀다 갔다.

뒷동산에 산벚꽃이 흐드러지게 핀 토요일, 교장 선생님이 꽹과리를 치며 동네에 나타났다.

"웬 꽹과리 소리지?"

"교장 선생님이 또 무슨 일을 꾸미겠지."

어른들은 혀를 차며 밖을 내다봤지만, 아이들은 금세 꽹과리 소리를 따라갔다. 꽹과리로 동네 아이들을 모아온 교장 선생님이 색색의 큰 페인트 통을 마당에 죽 늘어놨다.

"애들아, 우리 오늘은 페인트 놀이할까?"

"와~~아아!"

아이들이 함성을 지르며 페인트 통 앞으로

우르르 모여들었다.

"그럼 이제부터 이 페인트로 '아이들 집' 벽에 그림을 그려보자."

말이 끝나기도 전에 아이들은 벽에다 그림을 그리기 시작했다. 그러나 그림에 전혀 자신 없는 아이들이 주뼛주뼛 서 있자 교장 선생님이 웃으며 말했다.

"아무 걱정하지 마라. 나도 동그라미, 세모, 네모 밖에 그릴 줄 모른다. 우리 가서 신나게 놀자."

교장 선생님이 '으 허허허, 아 하하하' 웃을 적마다 희한한 그림이 생겼다.

그림이라면 겁내던 아이들도 차차 페인트 놀이에 신났다.

연못가에서 장기나 바둑을 두던 마을 할아버

지들이 슬금슬금 다가왔다. 할아버지들은 슬쩍 아이들의 페인트와 붓을 뺏으며 말했다.
"야, 이 개구쟁이들아, 그리려면 제대로 그려라!"
"이왕이면 우리 마을 자랑거리가 되게 잘 그려야지. 이렇게 말이야!"
할아버지 중에는 그림을 잘 그리는 사람도 있고, 아이들만큼도 못 그리는 사람도 있었다. 그러나 모두 재미있는 그림을 그리며 하루 동안 행복한 화가들이 되었다.

다음날 마을회관 게시판에 커다란 벽보가 붙었다.

아이들 집을 사용할 수 있는 사람

1. 아이들
  2. 아이들처럼 옷을 입은 할아버지와 할머니

 벽보를 보던 노인들이 머리를 갸우뚱거리며 눈살을 찌푸렸다.
 "이게 무슨 말이야?"
 "노인들이 '아이들 집'에 들어가려면 아이들처럼 꾸며야 한다는 건가?"
 "어떻게 늙은이들이 아이들처럼 옷을 입으라는 거야?"
 "쯧쯧 그럼 교장 선생님도 애들처럼 옷을 입으려나?"
 "노인들이 아이들 집에서 뭘 해?"
 "팽이 깎고, 제기 만들고, 연을 만들어 아이들이랑 논대."

"그건 재미있겠네. 옛날처럼 놀 수 있으면 좋지."

"에이, 그래도 늙은이가 아이들 옷을 입는 건 웃기잖아."

"그래. 아무래도 애들 옷을 입어야 들어간다는 건 좀 그렇지?"

할아버지들이 끌끌 혀를 차자, 할머니들이 뒤에서 쏙닥거렸다.

"아이고, 아이들 집에 안 가면 되지."

"참 살다 살다 별일을 다 보겠네. 왜 늙은이들에게 애들 옷을 입으래?"

할아버지 할머니들은 머리를 흔들며 돌아갔다.

'아이들 집' 문을 여는 날이다.

제일 먼저 아이들이 함성을 지르며 달려왔

다. 그 뒤로 애들처럼 옷을 입은 할아버지 할머니들이 나타났다. 모두 수줍은 아이들처럼 얼굴이 빨갰다. 할아버지들은 청바지에 알록달록한 셔츠를 입었다. 할머니들도 아이들처럼 옷을 입고, 머리핀을 꽂거나 방울로 머리를 묶었다.

 노인들은 부끄러워 팔로 얼굴을 가렸는데 행복한 미소는 숨기지 못했다. 할아버지 할머니들이 아이들처럼 꾸민 것도 우습지만, 서로 곁눈질하며 웃음을 참는 모습이 더 우스웠다.

 그다음 날부터 전국에 아이들 집이 소개되었다. 아이들 집 벽에 그림을 그리는 할아버지들과 아이들 모습이 그 시작이었다. 아이들과 똑같이 옷을 입은 할아버지 할머니들이 사랑방에서 아이들과 둘러앉아 탈을 만들고, 바깥마당에서 흥겹게 풍물놀이를 하고, 제기 차고 연 날리는 모습들이다. 무엇보다 아이들과 노인이 한데 어울린 모습이 눈길을 끌게 했다. 모두 개구쟁이 아이들 같고 진짜 행복해 보였다.

전국에 있는 아이들이 날마다 엄마 아빠를 졸랐다.
"아빠, 엄마! 아이들 집에 가보고 싶어요."
"내 생일 선물로 아이들 집에 보내주세요."
"방학 동안 아이들 집에 가 있으면 안 돼요?"
노인들도 모이면 아이들 집 이야기를 했다.
"노인들이 아이들 옷을 입고 있으니 보기 좋네!"
"아이들과 날마다 놀면 참 좋겠어."
"우리 그 동네 가서 같이 삽시다."

"공기 좋은 시골에서 채소밭도 가꾸고 아이들과 놀면 안 늙을 거야."

전국 각 지역에서 아이들 집을 찾는 사람들이 날마다 늘어났다.

봄이면 그네 뛰고, 수리취떡과 화전을 해 먹고, 창포로 머리를 감았다. 여름에는 연못 가에서 천렵하고, 밤에는 모깃불 피워놓고 마당에 앉아 옛날이야기를 들었다. 가을에는 밤을 줍고, 곶감을 만들었다. 겨울에는 팽이 치고 연못에서 썰매를 탔다.

그런데 진짜 신기한 일이 생겼다.

'아이들 집'이 문을 연 후 이 마을 노인들은 아이들처럼 옷을 입고, 아이들처럼 말하고, 아이들처럼 웃고, 아이들처럼 노래하고, 아이들처럼 춤추고, 아이들처럼 행복해졌다. 더 놀라운 것은 이 마을을 찾아오는 노인들도 아이들처럼 옷을 입고 왔다. 이 노인들도 아이들처럼 말하고, 아이들처럼 웃고, 아이들처럼 노래하고, 아이들처럼 춤추고, 아이들처럼 행복했다.
 날이 갈수록 마을에 아이들이 늘어나고 노인들도 늘어났다.

 후원 별채에선 교장 선생님이 열심히 동화를 썼다.
 약속대로 아이들이 놀러 가면 동화를 읽어주고 옛날이야기도 해줬다.

노인 아파트

　송영주 할머니가 커피집에 도착하니, 먼저 온 이은숙 할머니가 바깥 테이블에 앉아있었다. 테이블 옆에 있는 단풍나무가 빨갛게 물들어 참 아름다웠다.
　"노란 스카프가 잘 어울리네!"
　이은숙 할머니가 반갑게 맞이하며 말했다.
　"나이 들수록 따듯한 색이 좋아지는 것 같아."
　송영주 할머니가 쑥스럽게 웃었다.
　"이제 우리가 정말 늙나 봐."

두 할머니가 서로 얼굴을 마주 보며 쓸쓸히 웃었다.

"나 이사 갈 거야." 이은숙 할머니가 말했다.

"어디로 이사 가는데?"

"노인 아파트. 오늘 노인 아파트 신청했어."

"노인 아파트 싫어했잖아? 창피해서 안 간다더니 왜 노인 아파트로 가?"

"노인 아파트는 집 없고 가난한 노인들이 가는 곳이라고 창피하게 생각했어. 그런데 지금은 집 없고 가난한 노인들을 살게 해주는 고마운 곳이라고 생각해. 나라에서 아파트 비를 도와줘서 정말 싸니까."

"그 말이 맞아. 노인 아파트 없으면 가난한 노인들 어디서 살겠어?"

송영주 할머니가 머리를 끄덕였다.

"그래서 이제 준비할 거야. 우리는 집 살 때 받은 은행융자를 남편이 다 갚지 못하고 갔어. 집을 팔아서 은행융자를 갚으면 나도 홀가분해질 거야. 살림살이 다 정리하고 가볍게 노인아파트로 가야지."

"아들딸이 붙잡지 않아?"

"내가 먼저 싫다고 했어. 살기 바쁜 아이들한테 내가 가면 서로 힘들어서 안 돼."

"맞아. 같이 살면 외롭지는 않지만 힘든 일도 있지. 며느리나 사위 눈치도 봐야 하고."

"하루라도 덜 늙었을 때 혼자 사는 법을 익혀야 더 늙어도 혼자 살 수 있을 것 같아."

"정말 노인 아파트로 가는 거 괜찮겠어? 자존심 상하지 않아?"

"자존심? 이제는 내 몸 내가 잘 돌보는 게 자

존심인 것 같아."

 이은숙 할머니는 오랫동안 고민하던 숙제를 푼 것처럼 홀가분해 보였다.

"나도 가야 하는데…."

송영주 할머니가 한숨을 쉬며 말했다.

"혼자 못 자서 노인 아파트에 못 간다면서? 그래서 딸네 집에 사는 거 아니야?"

"4·29 LA 폭동 때 생긴 트라우마야. 폭동이 일어나니까 남편이 선물 가게 문 닫고 은행에 갔어. 남편이 은행에 갔다 오면 같이 집에 가려고 나는 짐 정리를 하고 있었지. 그런데 갑자기 폭도들이 문을 부수고 들어와 물건을 가져가는데 나는 무서워서 죽는 줄 알았어. 그 후 혼자 있으면 숨을 잘 못 쉬겠어. 더구나 밤에 혼자 자게 되면 가슴이 뛰고 죽을 것 같아."

"그런데 어떻게 노인 아파트에서 혼자 살아?"

"그동안은 내가 딸을 도와줬지. 그런데 이제 아이들이 다 커서 내가 없어도 돼."

"그래도 네 딸만큼 엄마한테 잘하는 자식도 없어."

"우리 딸 나한테 정말 잘하지. 그런데 이제 딸은 내가 필요 없을 것 같아."

"노인 아파트에 살면 다 친구가 될 것 같지? 그런데 노인 아파트에 살아도 외롭게 사는 사람도 있어."

"아플 때 힘들겠지. 어떤 사람은 세상 떠나도 며칠씩 아무도 모른다면서?"

"그러니까 자식들이 같이 살자고 하면 같이 사는 것도 축복이야. 요즘 세상에 같이 살자는 자식 없어."

"다 맞는 말이야. 세상만사 다 장단점이 있으니까. 그래도 날이 갈수록 느는 건 약인데 더 늙어 아프면 딸이 얼마나 힘들겠어."

"그래. 그 말도 맞아. 자식이 나 때문에 힘들어하면 떠나고 싶겠지."

"나는 무슨 일이 생겨서 갑자기 딸네 집을 나가게 되면 갈 데가 없어. 내 집 장만한다고 생각하고 노인 아파트로 가야 하는데……"

이은숙 할머니와 송영주 할머니는 마시던 커피가 식는 것도 잊고 테이블에 떨어진 빨간 단풍잎을 보고 있었다. 이럴 때 먼저 떠난 남편이 옆에 있으면 좋겠다는 생각을 하면서.

"나도 노인 아파트로 갈래."

말없이 단풍잎을 보던 송영주 할머니가 결심한 듯 잔뜩 긴장한 얼굴로 말했다.

"잘 생각해 봐. 괜히 나 때문에 간다고 하지 말고." 이은숙 할머니가 말했다.

"내가 더 늙으면 딸이 힘들까 봐 노인 아파트로 가려는 거야."

"엄마는 열 자식도 낳아서 기르지만, 열 자식은 늙은 엄마 하나를 못 돌본다는 말이 맞아."

"자식도 또 그들의 자식을 길러야 하니까."

두 할머니는 물기 어린 눈을 마주 보며 머리를 끄덕였다. 빨간 단풍잎 몇 개가 힘없이 커피 잔 옆으로 떨어졌다.

송영주 할머니는 마음이 변할까 봐 노인 아파트 신청서를 받아 가지고 갔다. 집에 가서도 오만가지 생각을 하다가, 저녁 먹고 한가해지자 딸에게 조심스레 말했다.

"오늘 이은숙 할머니를 만났는데 노인 아파트 신청했더라. 그래서 나도 노인 아파트 신청서 가지고 왔어."

"혼자 잠도 못 자면서 왜 노인 아파트로 간다고 하세요?"

"내가 늙으면 도와주지도 못하고 네가 힘들 테니까 그렇지."

"한집에 살아야 덜 힘들지 엄마가 따로 살면 더 힘들어요. 엄마가 아프면 내가 어떻게 쫓아다녀요?"

"그래서 노인 아파트에 사는 노인들은 아파도 자식들한테 말하지 않는데."

"어떻게 말을 안 해요? 자영이 엄마는 많이 아프신데, 집에 오라고 해도 안 오신 대요. 그래서 자영이가 일하면서 엄마 아파트로, 병원으로 쫓아다니는 게 너무 힘들대요. 병원에 모시고 다니는 것도, 또 죽을 끓여 드리는 것도 한집에 사는 게 훨씬 쉬워요."

송영주 할머니가 뭔가 더 말을 하려고 하자 딸이 일어나면서 말했다.

"엄마가 그렇게 가고 싶으면 마음대로 하세요."

송영주 할머니는 화를 내며 방을 나가는 딸의 뒷모습을 멍하니 봤다.

'이게 아닌데, 이러면 안 되는데……'

마음대로 하라는 딸의 말이 가슴에 화살처럼 꽂혔다. 그 말 대신에 '엄마, 가지 마세요. 엄마 없으면 우린 못 살아요.'라는 말을 들었어야 하는데…….

이은숙 할머니가 노인 아파트로 이사를 하

자, 송영주 할머니가 선물을 사 갔다. 거실 가운데 교자상 하나가 있어서 문득 한국에 온 느낌이었다. 한쪽 벽에 붙여서 작은 텔레비전이 있고, 그 옆에 있는 작은 어항에서 금붕어 두 마리가 놀고 있었다. 마침 창문으로 햇볕이 들어와 거실은 작지만 간결하고 아늑했다. 만일 높은 식탁과 의자가 있고, 소파가 있었다면 거실이 좁고 답답해 보였을 것이다.

방은 좀 작았는데 침대가 있고, 작은 책꽂이와 작은 컴퓨터 책상이 있었다. 부엌과 화장실은 작지만 혼자 살기에는 괜찮았다.

"뜰도 없고 너무 좁지?"

이은숙 할머니가 웃으며 말했다.

"아니야. 혼자 살기에 좁지 않아. 난 고층건물은 싫은데 여긴 이 층 건물이라 좋아. 그리고 개인 뜰은 없어도 아파트 뜰이 있으니까 괜찮아."
 이은숙 할머니는 노인 아파트가 편안하고 좋다고 했다. 자식들 눈치 안 보고, 친구들도 생기고, 아파트 관리비가 비싸지 않아서 돈 걱정 안 하고 산다고 했다.

 이은숙 할머니가 노인 아파트로 가고, 석 달 뒤에 송영주 할머니도 노인 아파트가 나왔다. 송영주 할머니는 그동안 노인 아파트가 나오면 꼭 가리라 다짐하고 또 다짐했었다. 그런데 막상 노인 아파트에서 오라고 하니까 그동안 다짐했던 마음이 한순간에 무너졌다. 밤에 노인 아파트에서 혼자 잘 생각하니 가슴이 뛰고 어지럽기까지 했다.
 "미쳤지. 혼자 잠도 못 자면서 내가 왜 노인

아파트로 간다고 했을까?"

 송영주 할머니는 딸한테 말도 못 하고 고민만 하다가 노인 아파트로 가는 날이 되었다. 딸과 사위는 일하러 가고, 아이들은 학교에 갔다.

 송영주 할머니는 편지를 써서 딸 화장대 위에 놓았다. 우선 며칠 입을 옷과 베개와 작은 이불 하나를 가져가고 가까우니까 다른 짐은 나중에 옮긴다고 했다.

 부엌에 가서 아이들 오면 먹을 간식을 준비해 식탁에 놨다.

 강아지 밥그릇에 밥을 잔뜩 주면서 말했다.

 "내가 가면 이제 네 밥은 누가 때맞춰 주냐?"

 송영주 할머니는 강아지 머리를 쓰다듬다가 눈물이 후두둑 떨어졌다.

 다시 부엌에 가서 저녁에 먹을 밥과 불고기

와 김치찌개를 했다. 송영주 할머니가 만든 음식 중에 미국인 사위와 아이들이 제일 좋아하는 음식이다.

세수를 하고 큰 가방에 옷을 넣자 눈물이 또 났다. 그래도 아이들 오기 전에 가려고 마당에 나와 집을 둘러보니 더 눈물이 났다. 뒤뜰 대추나무에 조락조락 열린 대추가 조금 불긋불긋했다. 대추 하나 따서 먹어보니 제법 맛있었다. 또 눈물이 왈칵 쏟아졌다. 어렵게 얻어다 심은 쑥과 머위도 둘러보았다. 노인 아파트는 차로 30분 거리니까 자주 오고 갈 수 있는데도 끝도 없이 섭섭했다.

한참을 울던 송영주 할머니는 가끔 타고 다니던 한국 택시를 불렀다.

"할머니, 어디로 모실까요?"

택시 기사가 묻자 송영주 할머니는 깜짝 놀란 듯 말했다.

"아보카도 노인 아파트요."

"노인 아파트로 가세요? 따님댁에 오래 사셨는데 섭섭하시겠어요."

택시 기사가 딸네 집을 떠나자 송영주 할머니가 소리쳤다.

"스탑! 스탑! 잠깐만요."

"할머니, 뭐 두고 오셨어요?"

택시 기사가 차를 세우고 물었다.

"아니요. 두고 온 게 아니고, 우리 목사님 댁으로 데려다주세요."

택시 기사는 얼떨떨하게 송영주 할머니를 보더니 머리를 끄덕였다.

"네, 할머니! 노인 아파트가 아니고 목사님

댁으로 갈게요."

목사님 댁에 도착하자 목사님과 사모님이 반갑게 맞이하였다. 그런데 큰 가방과 이불을 보더니 송영주 할머니에게 물었다.

"어디 가세요?"

"아, 그게……"

눈치를 보던 사모님이 송영주 할머니를 소파에 앉히고 얼른 따듯한 국화차를 내왔다. 말을 못 하던 할머니가 국화차를 한 모금 마시더니 자초지종을 말하며 눈물을 흘렸다.

"목사님! 저는 다 늙었는데도 왜 혼자 못 잘까요? 오늘 밤에 혼자 못 잘 것 같아요."

"걱정하지 마세요. 다 잘될 거예요."

목사님도 눈물을 글썽이며 말했다.

"노인 아파트로 꼭 갈려고 했어요. 정말이에

요. 친구하고 약속도 했어요."

"네. 알았어요."

그동안 슬그머니 방으로 들어간 사모님이 송영주 할머니 딸에게 전화를 걸었다.

얼마 후 송영주 할머니 딸네 식구들이 왔다.

"할머니! 가지 마세요."

손자 둘이 달려와 할머니를 안았다.

"엄마! 노인 아파트 가지 마세요. 아이들 기른다고 고생만 하시고 왜 가시려고 하세요? 앞으로 우리가 잘할게요."

딸이 송영주 할머니를 안고 울며 말했다.

"어머니! 가지 마세요. 제가 더 잘할게요."

사위도 눈물을 흘리며 송영주 할머니를 안았다.

손자들이 할머니 가방을 들고 나가 차에다 실었다. 딸하고 사위가 양쪽에서 송영주 할머니를 소파에서 일으켰다.

목사님이 송영주 할머니 손을 잡고 말했다.

"우리 주님이 항상 함께 계신다는 걸 잊지 마세요."

"네. 목사님! 우리 주님이 항상 저와 함께 계신다는 걸 잊지 않겠습니다. 감사합니다."

송영주 할머니가 머리를 숙여 목사님과 사모님에게 인사를 했다.

"할머니! 할머니! 빨리 집에 가요."

손자들이 밖에서 소리쳐 불렀다.

하늘 가는 문

아침저녁 찬 바람이 불더니 석류나무 잎이 노랗게 물들었다.

고추잠자리 한 마리가 힘없이 손명숙 씨 방 창틀에 앉았다. 설핏해진 얇은 날개는 군데군데 찢어지고 색이 바랬다. 윤기 없는 커다란 눈은 햇살 한 가닥 잡을 힘도 없어 보였다.

손명숙 씨는 창가에 앉아 오랫동안 고추잠자리를 지켜봤다. 요즘 부쩍 밥맛이 없고, 눈뜰 기운조차 없는 자기 자신을 보는 것 같았다.

'저 고추잠자리는 이제 어디로 가야 하나? 저 날개로 가야 할 곳은 어딜까?'

 노란 석류나무 잎을 흔들던 작은 바람이 창틀에 앉은 고추잠자리를 가볍게 불었다. 고추잠자리는 힘없이 창틀 끝으로 떠밀려갔다. 그리고 다시는 날개를 움직이지 않았다. 손명숙 씨는 어떻게 해서든 고추잠자리를 도와주려고 일어나다 어지러워 쓰러졌다.

 손명숙 씨가 정신을 차리고 보니 병원이었다. 아들과 딸까지 놀란 얼굴로 와 있었다.
 "어머니! 괜찮으세요?"
 아들과 며느리와 딸이 걱정스레 물었다.
 "여기는 병원이니? 내가 왜 왔는데?"
 "엄마가 집에서 쓰러지셔서 병원에 왔어요."

돌아서서 눈물을 훔치던 딸이 애써 웃으며 말했다.

"괜찮아. 늙으면 현기증도 생기고 어지럽기도 하다더라. 이제 괜찮으니 집에 가자."

손명숙 씨가 침대에서 일어나는데 의사가 들어왔다.

"제가 어디 아픈가요?"

"왜 쓰러지셨는지 알아보려고 피검사와 몇 가지 검사를 했어요."

"늙어서 그래요. 괜찮을 겁니다."

손명숙 씨는 자식들이 병원에 며칠 더 있으라고 했지만, 집에 왔다.

며칠 후, 손명숙 씨 아들이 퇴근하고 며느리에게 전화를 걸었다.

"여보, 어머니께 적당히 둘러대고 시장 앞에 있는 전통찻집으로 나와요."

"무슨 일이기에 집에 안 오고 밖으로 나오래요?"

"지숙이 내외도 오라고 했으니까 곧 올 거요. 의논할게 있어요."

며느리는 남편의 목소리가 예사롭지 않아 더 묻지 못하고 전통찻집으로 갔다.

손명숙 씨 아들과 며느리, 그리고 딸과 사위가 조용한 구석 자리에 마주 앉았다.

"어떻게 하면 좋지?"

아들이 한숨을 길게 쉬며 말했다.

"뭘 어떻게 해요? 혹시 오늘 엄마 병원 검사 결과 나왔어요?"

딸이 걱정스레 물었다.

"어머니한테는 사실대로 말해야 하나 말아야 하나?"

모과차를 한 모금 마신 아들이 혼잣말하듯 중얼거렸다.

"의사가 뭐라고 했어요? 빨리 말해 봐요. 답답해 죽겠어요."

며느리가 다그치자, 아들이 눈물을 뚝뚝 떨어뜨리며 말했다.

"어머니가… 어머니가 간암이래."

"간암이요?"

며느리와 딸과 사위가 놀라며 비명처럼 소리쳤다.

"의사가 수술하자고 하는데 어머니에게 암이라고 말을 해야 하나 말아야 하나?"

아들은 먹먹해진 가슴을 주먹으로 치며 말했다.

"말하면 안 돼요. 노인들은 암인 걸 알면 겁나서 지레 죽는대요."

벌써 눈물을 쏟으며 울던 딸이 말했다.

"다른 데도 아니고 간인데 왜 수술하냐고 물으시면 뭐라고 말해?"

"고모 말도 맞는데 요즘은 암도 치료가 되잖아요. 그러니까 어머님께 말씀드리는 게 좋을 것 같아요."

며느리가 조심스레 말했다.

"언니, 요즘 암을 많이 고친다고 해도 간암은 위험해요."

딸이 볼멘소리를 했다.

"만약에… 말 안 하고 수술하다 잘 못 되면… 어떻게 합니까?"

사위가 머리를 숙인 채 말을 더듬었다.

"여보, 지금 무슨 말을 하는 거예요? 나중에 아시더라도 지금부터 말하면 안 된다니까요."
 딸이 발끈 화를 내자 모두 입을 다물었다.

 손명숙 씨 수술 날이다. 가족들과 목사님과 사모님이 수술실 밖에서 기도하며 기다리는데, 갑자기 수술실 문이 열리더니 의사가 나와 말했다.
 "손명숙 씨 가족 한 분만 들어오세요."
 앉지도 못하고 초조하게 서성이던 아들이 뛰어갔다. 얼마 후 아들이 수술실에서 나오며 어린애처럼 발을 동동 구르며 울었다.
 "어쩌누? 어쩌누? 어쩌누?"
 모두들 의자에서 벌떡 일어나며 말을 못 하고 마른침을 삼켰다.

"왜? 왜 그러는데요?"

딸이 오빠를 붙잡고 소리치듯 물었다.

"암이… 간암 말기래. 다른 장기로도 퍼져서 수술 못 하고 지금 덮고 있어. 어쩌누?"

"뭐라고? 오빠 그게 정말이에요?"

딸이 쓰러지듯 주저앉아 울었다.

손명숙 씨는 수술하느라 헛고생만 하고 일주일 만에 퇴원했다. 자식들은 어머니가 간암 말기라 수술도 못 하고 도로 덮었다는 말을 차마 못 했다. 병세는 하루하루 더 악화되었다.

"어머니, 맛있는 것 많이 잡수시면 금방 나을 거예요."

자식들은 좋게 말하지만, 손명숙 씨는 밥을 먹어도 소화도 안 되고 오른쪽 가슴 밑이 점점 아팠다. 나이를 먹어도 뽀얗던 얼굴에 검은 그림자가 선명해지고 황달이 왔다. 손명숙 씨는 점점 불안해졌다. 자식들은 전에 없이 호들갑스레 어디 구경하러 가자고 조르기도 하고, 맛있는 걸 먹으러 가자고 성화를 부린다. 그러다가도 어느 때는 숨 막히도록 집안이 적막했다. 옷가게를 하는 딸은 한 달에 한 번 오기도 힘들어하더니 사흘이 멀다고 오는 것도 수상했다.

손명숙 씨는 며느리가 볼일 보러 잠시 나가자 병원으로 전화를 했다. 그러나 몇 번 전화를 걸어도 의사와 통화를 못 했다. 손자 손녀들한테 물어봐도 모르는 눈치였다.

참다못한 손명숙 씨가 할 말이 있다며 자식들을 다 불러 모았다.

"나는 하나님 믿는 사람이다. 내가 죽고 사는

것은 하나님이 하실 일이다. 나는 죽으면 하나님 나라에 갈 거니까 감사할 것이다. 그러니까 걱정하지 말고 바른대로 말해라."

 손명숙 씨가 비장한 각오로 말하자, 자식들은 서로 얼굴만 보고 말을 못 했다.

 "너희들이 하나님이 하시는 일을 숨긴다고 되냐? 내가 똑바로 알아야 기도를 하든가, 하나님께 갈 준비를 할 게 아니냐? 그러니까 어서 바른대로 말해!"

 손명숙 씨가 다그쳤다.

 "어머니, 괜찮다니까요. 쓸데없는 걱정하지 마세요."

 아들이 어머니 눈을 피해 천장을 보며 핀잔하듯 말했다. 손명숙 씨가 고개를 숙이고 애써 눈물을 참는 딸에게 말했다.

"지숙아, 넌 내 맘 알지? 네가 말해라."

깜짝 놀라 어머니를 보던 딸이 급기야 밖으로 뛰어나가며 울었다. 결국, 아들이 어머니를 끌어안고 대성통곡하며 간암 말기라는 말을 했다. 손명숙 씨는 예상은 했지만, 정신이 아득해지고 가슴에 쇳덩이가 쿵 떨어지는 것 같았다.

손명숙 씨는 '나는 죽으면 하나님 나라에 갈 거니까 감사할 것이다.'라고 자식들한테 큰소리쳤는데 막상 죽는다고 생각하자 너무 두려웠다. 어려서부터 하나님을 믿었고, 남편이 세상을 떠나자 죽음에 대한 마음의 준비를 많이 했다. 그래서 죽음이 와도 두렵지 않을 거로 생각했다. 아니, 두려워하지 않고 평화롭게 웃으며 가고 싶었다. 그런데 밑도 끝도 없는 죽음의 공포가 몹시 당황스러웠다. 그렇게 오랫동안 신앙으로 준비했다고 자부했는데 태풍 앞에 촛불 같은 자신이 한심하고 원망스러웠다.

  손명숙 씨의 병세가 악화되었다. 목사님과 교인들이 찾아와 위로하고 같이 예배를 드렸다. 이제는 모두 다 손명숙 씨의 영혼이 육신을 떠날 날이 며칠 안 남은 걸 예감했다.

  하루는 목사님 혼자 손명숙 씨를 찾아갔다.

  배가 많이 부은 손명숙 씨는 몹시 힘들어하며 목사님에게 말했다.

  "목사님! 제가 죽으면 천국에 갈 수 있을까요?"

  "예수님을 믿는 사람은 멸망하지 않고 영생을 얻게 하신다고 했잖아요."

  "저는 잘못한 게 많은데요?"

  "예수님이 왜 십자가에 못 박혀 돌아가셨는

지 아시지요?"

"우리 죄를 용서하시고 구원하시려고요."

"네, 맞아요. 우리가 죄를 지어서 벌을 받아야 하는데, 예수님이 우리 대신 벌을 받으시려고 십자가에 못 박혀 돌아가셨어요. 그래서 우리는 죄를 용서받고 구원받는 거예요."

"정말 제가 받아야 할 벌을 예수님이 대신 받으셔서, 저는 다 용서받고 천국에 갈 수 있나요?"

"그동안 잘못한 것 주님께 다 회개하셨지요? 아직 회개 못 한 거 있으면 지금 다 하세요."

"네. 다 회개했어요."

"그럼 이제 다 용서받으신 걸 믿으세요?"

"네. 다 용서받은 걸 믿습니다."

대답하던 손명숙 씨가 소리 내어 울기 시작했다.

"예수님! 예수님! 저를 위해 십자가에 달려 돌아가신 예수님!"

손명숙 씨는 사람들에게 조롱당하고, 채찍으로 매 맞고, 십자가에 못 박혀 피를 흘리고 돌아가신 예수님을 생각하며 하염없이 울었다.

"예수님! 죄송합니다. 예수님! 감사합니다."

눈물을 흘리고 또 흘리며 울던 손명숙 씨가 갑자기 피를 토했다. 손명숙 씨 얼굴이 하얘지며 두려움에 몸을 가누지 못했다. 며느리가 허둥지둥 수건으로 손명숙 씨의 입과 얼굴을 닦아주었다. 잠시 후 손명숙 씨가 안정되자, 목사님은 다시 마주 앉았다.

"괜찮으세요? 병원에 가실래요?"

"아니요. 며칠 전에도 병원에 갔지만 아무 소용없었어요."

"정말 병원에 안 가실래요?"

"목사님, 이제 제가 하나님께 갈 때가 되었나 봐요."

"두려워하지 마세요. 하나님 나라에 가는 거니까 겁내지 마세요."

"죽는 건 무섭지 않은데 아픈 게 무서워요."

"아주 좁고 캄캄한 엄마 뱃속에서 세상으로 나오는 아기를 생각해 보세요. 아기는 너무 힘들고 무서워 죽는다고 생각할 겁니다. 그런데 아기가 엄마 뱃속을 나가면 상상할 수 없이 환하고 넓은 세상이 있다는 걸 알면 어떨까요? 아기는 아무리 힘들어도 엄마 뱃속에서 나오는 걸 기뻐할 것입니다. 두려움과 고통은 아주 잠깐이고, 상상도 못 할 좋은 세상이 기다리고 있으니까요."

목사님은 수십 년 동안 설교한 그 어떤 설교보다 더 절실하고 간절하게 손명숙 씨에게 하나님 나라를 전했다. 죽음의 공포에 휩싸였던 손명숙 씨 얼굴이 차츰차츰 평안해졌다.

"목사님! 이젠 무섭지 않아요. 아기가 좁고 캄캄한 엄마 뱃속에서 나와야 엄마도 볼 수 있고 넓고 환한 아름다운 세상에서 살 수 있지요. 저도 죽음이란 문을 열고 나가야 하나님과 예수님을 만나고 천국에서 살 수 있으니까요."

"네. 맞습니다. 그러니까 이제는 아무 걱정하지 마시고 천국만 생각하세요."

"목사님 감사합니다! 이젠 천사가 데리러 오면 기쁘게 갈 거예요."

손명숙 씨 얼굴에 두려움이 사라지고 잔잔한 평화가 찾아왔다.

한밤중에 손명숙 씨가 일어나 앉았다. 이상하리만치 정신이 맑았다. 지나간 세월이 천천히 영화처럼 보였다. 기쁜 일도 많았고 슬픈 일도 많았다. 그러나 무엇보다 감사한 것은 하나님을 믿고 하나님의 자녀가 되었다는 것이다.

"오, 주님! 감사합니다. 저를 구원하기 위해 십자가에 달려 돌아가신 주님! 감사합니다. 감사합니다. 죽음은 이 세상의 끝이지만, 죽음은 영원한 하나님 나라의 시작입니다. 기쁘게 찬송하며 가게 하옵소서. 기쁘게 찬송하며 가게 하옵소서!"

손명숙 씨는 기도하고 찬송을 부르기 시작했다.

하늘 가는 밝은 길이 내 앞에 있으니
슬픈 일을 많이 보고 늘 고생하여도

하늘 영광 밝음이 어둔 그늘 헤치니

예수 공로 의지하여 항상 빛을 보도다

내가 천성 바라보고 가까이 왔으니

아버지의 영광 집에 가 쉴 맘 있도다

나는 부족하여도 영접하실 터이니

영광나라 계신 임금 우리구주 예수라

찬송을 부르고 있는데 빛이 들어오듯 천사가 손명숙 씨 앞에 나타났다.

"천사님!"

손명숙 씨가 반갑게 천사를 부르며 일어났다.

천사가 손을 내밀었다. 손명숙 씨가 천사의 손을 잡자 몸이 새털보다 가벼워졌다.

"천사님! 제 몸이 어떻게 된 것입니까?"

"이제 너는 늙고 병든 육신에서 나왔다. 하나님이 기다리시는 천국으로 가자."

"마지막으로 아이들을 보고 가면 안 될까요?"

"아이들을 보고 가라. 그렇지만 아이들은 너를 볼 수 없다."

손명숙 씨는 잠이 든 아들과 며느리, 그리고 손자 손녀를 보고 마지막 인사를 했다.

"얘들아, 그동안 너희들이 내 자녀라서 참 감사했고 행복했다. 건강하게 잘들 있어라. 주님이 항상 너희들과 함께 계실 것이다. 하나님 말씀대로 잘 살다가 나중에 천국에서 만나자."

손명숙 씨는 자녀들에게 인사를 하고 기도를 했다.

"하나님 아버지! 그동안 저와 저의 아이들을 사랑해주셔서 감사합니다. 제가 떠난 후에도 저의 아이들을 사랑해 주세요. 저의 아이들이 세상만 보고 살지 말고 하나님 나라를 보며 살게 해주세요. 비 오고 바람 불 때도 홀로 두지 마시고 주님이 함께해 주세요. 하나님을 사랑하고 이웃을 사랑하며 건강하게 살게 해주세요.”

손명숙 씨가 이 세상에서 마지막 기도를 하자 천사가 웃으며 손을 내밀었다.

“그럼 이제 가자.”

천사가 손명숙 씨와 함께 빛처럼 창문을 나갔다.

손명숙 씨가 마지막으로 방안을 돌아봤다. 방금 자기가 떠나온 육신이 평화롭게 누워있었다.

쌍둥이 산타클로스

샌디에이고 아름다운 바닷가에 있는 작은 캠핑장이다.

여름내 북적이던 캠핑장이 날이 선선해지자 찾아오는 사람이 없다. 그런데 RV* 한 대가 가을이 가고 12월이 되어도 주차장에 남아있다.

크리스마스가 가까워진 어느 날 아침이다.

---

* RV : 집처럼 꾸민 큰 자동차

캠핑장 주인 니콜 할아버지가 주차장 구석에 있는 작고 낡은 RV로 갔다.

"쾅 쾅 쾅"

니콜 할아버지는 털이 북슬북슬한 커다란 주먹으로 작은 RV 문을 두드렸다.

"문 열어! 문 열어!"

잠시 후 여섯 살 귀여운 알리사가 앞치마를 질질 끌며 문을 열었다.

"니콜 할아버지! 좋은 아침이에요."

니콜 할아버지는 알리사의 인사는 대답도 안 하고 RV 안을 들여다봤다.

작은 RV 안은 배불뚝이 니콜 할아버지는 들어갈 수도 없을 만큼 비좁았다. 작은 침대에는 알리사 엄마가 누워있고, 조그만 식탁 위에는 우유가 반쯤 담긴 컵 둘과 조금 남은 버터가 있었다. 소꿉장난감 같은 작은 스토브에서 뭐가 타는지 연기가 나고 냄새가 났다.

"알리사, 뭐가 타고 있잖아?"

"아 참, 토스트를 하고 있었는데…"

알리사가 뛰어가더니 스토브 불을 끄고 손으로 연기를 쫓았다.

"엄마가 요리를 안 하고 왜 네가 하니?"

"엄마가 아파요."

"팔 다친 지 세 달이나 됐는데 아직도 아파? 떠나기 싫어서 엄살떠는 거지?"

"아녜요. 진짜 많이 아파요. 오늘은 감기도 걸렸어요."

"그래서 캠핑장을 안 떠난다는 거야?"

"크리스마스에 우리 아빠 올 거예요."

"오긴 누가 와? 너희 아빠는 도망갔어. 그동

안 한 번도 연락 없었잖아?"

"우리 아빠 도망 안 갔어요. 크리스마스니까 선물 많이 사 올 거예요."

알리사 눈에서 커다란 눈물방울이 뚝뚝 떨어지자, 해쓱해진 알리사 엄마가 '콜록콜록' 기침을 하며 일어나 앉았다.

"죄송합니다. 이번 크리스마스까지만 기다려주세요. 그때까지 알리사 아빠가 안 오면 제가 다시 일해서 밀린 주차비를 낼게요."

"크리스마스 같은 소리 하고 있네. 벌써 주차비가 석 달이나 밀렸는데 어떻게 더 기다려?"

"제가 팔이 좀 나으면 다시 캠핑장 청소를 할게요."

"다 듣기 싫어. 다음 주말까지 안 가면 견인차를 불러서 RV를 끌고 가라고 할 거야."

"할아버지, 우리 엄마 야단치지 마세요."

알리사가 울며 니콜 할아버지에게 매달렸다.

알리사가 울자 잠시 당황하던 할아버지가 알리사를 밀어내며 말했다.

"크리스마스라고? 그럼 크리스마스까지다. 그 이상은 단 하루도 더 안 돼."

니콜 할아버지가 집으로 가는데, 쌍둥이 동생 캐빈 할아버지한테서 전화가 왔다.

"형, 나 팔로마 병원에 있어. 교통사고야."

"뭐? 교통사고? 많이 다쳤어?"

"좀 다쳤어."

니콜 할아버지는 허겁지겁 병원으로 갔다.

캐빈 할아버지는 목 보호대를 하고 오른팔을 붕대로 감고 있었다.

"또 졸았어?"

"나 안 졸았어. 뒤차 운전사가 졸다 내 차를 받았어."

"팔은 얼마나 다쳤어?"

"다행히 뼈는 안 다쳤는데 팔목 인대를 다쳤대."

"다른 데는 괜찮아?"

"여기저기 아프지만 괜찮아. 그런데 나 부탁이 있어서 형을 오라고 했어."

"뭔데?"

"나 대신 며칠만 산타클로스가 되어줘."

"백화점에 가서 사진 찍는 거?"

"응. 나 퇴원할 때까지만 해 줘."

"난 안 해. 다른 사람 시키면 되잖아."

"니콜 형, 부탁이야. 정말 형이 꼭 해줘야 해.

왜냐하면, 이미 내 사진으로 광고도 나갔고, 또 모든 인쇄물과 포스터도 내 사진으로 했거든. 그러니까 나랑 똑같이 생긴 형이 해줘야 해."

"너 벌써 돈 받아서 다 써서 그러는 거지?"

"아니야. 계약금 받은 돈도 그냥 있고 그동안 받은 돈도 있어. 형이 해주면 내가 돈 다 형 줄 게. 난 돈 같은 건 필요 없어."

"그럼 왜 해마다 그 고생을 하는데?"

"산타클로스가 되고 싶어서."

"산타클로스 옷 입는다고 산타클로스가 되냐?"

"난 산타클로스가 되어 아이들이랑 사진 찍는 게 좋아."

"너는 아이들을 일곱 명이나 낳고, 손자 손녀가 스물다섯 명이나 되는데도 아이들이 좋으냐?"

"난 아이들이 많으면 많을수록 좋아. 그러니까 형이 며칠만 나 대신 산타클로스가 되어줘. 사실 우리처럼 산타클로스를 닮은 사람도 없어. 볼록한 배와 멋진 수염은 진짜 산타클로스 같잖아."

"하여튼 넌 어려서부터 나를 귀찮게 하는데 선수야. 산타 옷은 어디 있는데?"

"내 방 옷장에 있어. 그리고 내 금테 안경을 꼭 써야 해."

"가서 어떻게 하면 되는데?"

"멋진 썰매 의자에 앉아서 아이들이랑 행복하게 사진 찍으면 돼."

니콜 할아버지는 캐빈 할아버지가 저녁 먹는 걸 보고 병원을 나왔다.

"내가 산타클로스를 닮았다고? 웃기네."

니콜 할아버지는 혼자 투덜거리며 캐빈 할아버지 집에 가서 산타클로스 옷을 입어봤다. 모자도 쓰고, 하얀 장갑도 끼고, 털 장화도 신고, 금테 안경도 썼다. 거울 앞에 서서 길고도 탐스러운 하얀 수염을 쓸어내렸다. 평소에는 보기 싫던 볼록 나온 배도 산타클로스 옷이랑 잘 어울렸다.

"아무리 쌍둥이지만 정말 캐빈하고 똑같네. 그까짓 것 딱 며칠만 캐빈 노릇을 해줄까?"

"호 호 호! 호 호 호!"

니콜 할아버지가 볼록한 배와 하얀 수염을 흔들며 웃어봤다. 이상하게도 기분이 좋았다.

"호 호 호! 호 호 호!"

한 번 더 웃자 아까보다 기분이 더 좋아졌다.

"참 이상하네. 이래서 캐빈이 해마다 산타클

로스 옷을 입고 '호 호 호' 했나?"

다음날 10시, 니콜 할아버지가 산타클로스 옷을 입고 백화점으로 갔다. 백화점은 화려한 선물과 북적이는 사람들로 한껏 크리스마스 분위기였다.

일 층 엘리베이터 앞에 가자 대형 크리스마스 트리가 있고 선물을 실은 멋진 썰매가 있었다.

〈Santa & Me〉라고 쓴 사진관 간판도 멋지게 걸려 있었다.

"좋은 아침입니다. 캐빈!"

빨간 산타 모자를 쓴 청년 둘과 아가씨 한 명이 활짝 웃으며 인사를 했다.

"아름다운 아침이야."

니콜 할아버지도 손을 흔들며 반갑게 인사를

했다.

 사람들은 모두 니콜 할아버지를 캐빈 할아버지인 줄 알았다.

 '흠, 아무도 나를 못 알아보니 재미있군!'

 니콜 할아버지는 산타클로스 썰매 의자에 앉았다.

 곧 대학생 두 명이 바이올린으로 캐럴을 연주하자 아이들을 안은 부모들이 줄을 서기 시작했다.

 첫 손님은 한 살배기 남자아이와 세 살배기 누나였다. 아기는 니콜 할아버지 무릎에 앉고 누나는 그 옆에 앉았다. 사진사가 방울 달린 인형을 흔들자 아기들이 쳐다보며 빵끗 웃었다.

 "찰깍!"

 곧 커다란 사진기 뒤에서 사진이 나왔다.

"우~와! 멋지다!"

아이들 엄마와 아빠가 사진을 보며 좋아하자, 니콜 할아버지도 힐끗 사진을 보았다. 인자한 모습으로 아이들을 안은 산타클로스 사진은 정말 멋있었다.

'신기하네! 내가 정말 산타클로스 같잖아!?'

니콜 할아버지는 사진을 다시 한번 보며 멋쩍게 웃었다.

다음은 6개월 된 아기와 두 살짜리 형이다. 그런데 엄마가 니콜 할아버지에게 아기를 안겨주자마자 울기 시작했다. 아무리 달래도 아기가 계속 울자 니콜 할아버지는 몹시 당황했다.

'난 애들이 귀찮아서 결혼도 안 했는데 이게 뭐야?'

니콜 할아버지는 쌍둥이 동생 캐빈이 원망스

럽고 화가 났다. 아기를 의자에 내려놓고 도망가고 싶었다. 벌떡 일어나려던 니콜 할아버지가 두 손으로 얼굴을 가렸다가 손을 확 열면서 '피카 부!' 했다. 발버둥 치며 울던 아기가 까르르 웃었다. 니콜 할아버지는 한 번 더 '피카 부!'를 했다. 아기가 아까보다 더 크게 웃었다. 몇 분이면 찍을 사진을 10분이나 걸렸다.

다음, 또 그다음…….

아이들이 사진을 찍을수록 니콜 할아버지는 무릎이 아프고 피곤해졌다. 두꺼운 산타클로스 옷과 모자, 그리고 장갑에 털 장화까지 신었으니 땀도 났다. 그것보다 더 힘든 건 아이들을 안고 최대한 인자한 산타클로스의 모습으로 웃는 것이다.

니콜 할아버지는 집에 오자마자 산타클로스

옷을 벗어던지며 소리쳤다.

"내가 미쳤지. 캐빈이 시킨다고 내가 왜 이 고생을 해? 그만둘 거야."

다리는 쑤시고 팔은 쳐들 수도 없이 욱신거리고 온몸이 물에 젖은 솜처럼 무거워 꼼짝도 할 수 없었다.

"흥, 내가 무슨 산타클로스냐? 내일은 그만둔다고 해야지."

니콜 할아버지는 투덜거리더니 저녁도 못 먹고 잠들었다.

다음 날 아침, 니콜 할아버지는 침대에서 뒹굴뒹굴했다. 어제 자기 무릎에 앉아 산타클로스랑 사진 찍는다고 좋아하던 아이들이 생각났다.

"울던 아기는 둘뿐이고 다른 아이들은 나를

산타클로스라고 무척 좋아했는데……"

혼자 중얼거리던 니콜 할아버지가 벌떡 일어나 샤워를 했다. 산타클로스 옷을 입고 거울 앞에 서서 수염을 흔들며 '호 호 호!' 웃어봤다. 기분이 좋아지고 피곤도 풀리는 것 같았다.

'아이들이 산타클로스를 기다리니까 며칠만 더 해야지.'

니콜 할아버지는 '호 호 호!' 한 번 더 웃고는 백화점으로 갔다.

며칠 후, 니콜 할아버지가 병원에 가자 캐빈 할아버지가 말했다.

"내일 퇴원을 해도 크리스마스까지는 팔을 움직이면 안 된대."

"뭐라고? 그럼 난 어떻게 하라고? 난 힘들어

서 더 이상 못해."

"올해는 형이 산타클로스 되는 게 하나님의 뜻인 것 같아."

"네가 며칠만 하라고 했잖아. 내일부터는 아파도 네가 해."

"형은 산타클로스야. 아이들이 내일도 기다릴 거야."

"야, 산타클로스는 아무나 되냐?"

니콜 할아버지는 화를 내고 갔지만, 다음날도 〈Santa & Me〉 사진관에서 아주 행복하게 아이들과 사진을 찍고 있었다.

처음에는 아이들한테서 나는 우유 냄새와 과자 냄새가 이상했다. 그러나 어느새인가 그 우유 냄새와 과자 냄새가 아주 좋아졌다. 또 아기들이 울면 도망가고 싶었는데, 이제는 우는 아기를 잘 어르고 웃길 줄도 안다.

 12월 24일 마지막 날이다.
 11시가 되자 백화점은 서둘러 문 닫을 준비하고, 선물을 사 들고 가는 사람들의 발걸음도 빨라졌다.
 〈Santa & Me〉 사진관도 11시 30분에 끝난다는 사인 판을 내 걸었다.
 니콜 할아버지는 제시간 안에 사진을 다 찍으려고 서둘렀다. 그때 여섯 살쯤 된 여자아이가 엄마 손을 잡고 왔다.
 긴 금발 머리의 귀여운 여자아이는 가을옷을 입고 있었다.
 "엄마, 나 산타클로스랑 사진 찍고 싶어."
 "내년에 찍어줄게."

"엄마, 딱 한 장만 찍으면 안 돼?"

"내년에 엄마가 돈 많이 벌어서 두 장 찍어 줄게."

"엄마, 난 저 산타클로스가 참 좋아. 저 산타클로스하고 사진 찍고 싶어."

여자아이가 자꾸 조르자, 아이들을 안고 사진을 찍던 니콜 할아버지가 그 여자아이를 봤다.

"알…"

니콜 할아버지는 이름을 부르려다 장갑 낀 손으로 얼른 입을 막았다.

그 아이는 바로, 니콜 할아버지 캠핑장 RV에 사는 알리사였다. 다행히 알리사와 엄마는 니콜 할아버지를 못 알아봤다. 안 쓰던 금테 안경을 쓴 데다가 산타클로스 모자가 니콜 할아버지 대머리를 가렸기 때문이다.

줄 선 아이들 사진을 다 찍자 모두 짐을 싸려고 했다.

"잠깐만, 여기 한 명 더 있어."

니콜 할아버지가 사진사를 기다리게 하고 알리사에게 다가가며 말했다.

"얘야, 나랑 사진 한 장 찍을래?"

그러자 엄마가 알리사 손을 잡아끌며 말했다.

"아네요. 우린 그냥 구경 왔어요."

"마지막 손님은 돈을 안 받는데 한 장 찍으면 안 되겠습니까?"

알리사가 활짝 웃으며 산타클로스 앞으로 나섰다.

"정말 저도 산타 할아버지랑 사진 찍어도 돼요?"

"물론이지. 자, 이리 와서 나하고 사진 찍자."

니콜 할아버지가 사진사에게 귓속말을 하자 사진사가 흔쾌히 웃으며 말했다.

"알았어요. 마지막이니까 진짜 제일 멋진 사진을 찍어드릴게요."

니콜 할아버지는 알리사를 안고 알리사 엄마도 옆에 앉혔다.

찰깍!

사진을 찍자 사진기 뒤에서 사진이 나왔다.

"와~ 진짜 멋있어요!"

알리사는 너무 좋아서 니콜 할아버지 목을 안고 이마와 볼에 뽀뽀를 했다.

니콜 할아버지도 사랑스러운 알리사 이마에 뽀뽀를 했다.

"이 사진을 크게 만들어 집으로 보내줄게."

니콜 할아버지가 사진을 주며 말하자, 알리

사가 머리를 흔들었다.

"우린 크리스마스가 지나면 이사할 것 같아요."

"걱정하지 마라. 이 사진은 꼭 네가 받을 거다."

"고맙습니다. 산타클로스!"

알리사가 니콜 할아버지에게 손을 흔들며 백화점을 나갔다. 다들 두 손이 모자라도록 선물을 들고 가는데 알리사와 엄마의 손에는 아무 것도 없었다.

니콜 할아버지는 서둘러 엘리베이터를 타고 2층으로 올라갔다. 12시에 백화점 문을 닫으니까 30분밖에 시간이 없다.

니콜 할아버지는 여섯 살짜리 여자아이 털옷과 구두를 사고 예쁜 인형도 샀다. 니콜 할아버지는 예쁜 선물상자 속에 석 달 치 RV 주차비와 그동안 산타클로스 하면서 받은 돈을 몽땅

넣었다.

크리스마스이브!

산타클로스가 선물 자루를 메고 샌디에이고 아름다운 바닷가 캠핑장에 나타났다.

캠핑장은 조명등만 드문드문 있을 뿐 한적한데 구석에 작고 낡은 RV 하나가 있었다.

산타클로스가 살금살금 작은 RV로 가보니 종이로 만든 크리스마스트리가 문에 붙어 있었다. 종이 크리스마스트리 꼭대기 큰 별에 「Alyssa's Home」이라고 쓰여 있었다.

창문으로 희미한 불빛이 보이고, 알리사가 엄마랑 부르는 캐럴 소리가 밖으로 새어 나왔다.

산타클로스는 알리사의 크리스마스트리 밑에 선물 자루를 살그머니 놓았다.

알리사네 RV를 떠나 저만치 걸어가던 산타클로스가 아주 기분 좋게 웃었다.
"호 호 호! 호 호 호!"